पेंगुइन स्वदेश

औरत

अमृता प्रीतम पंजाबी के सबसे लोकप्रिय लेखकों में से एक हैं। अमृता प्रीतम का जन्म 1919 में गुजरांवाला पंजाब (भारत) में हुआ। उनका बचपन लाहौर में बीता और शिक्षा भी वहीं हुई। किशोरावस्था से उन्होंने लिखना शुरू किया। उन्होंने सौ से अधिक कविताओं की पुस्तकें लिखीं, साथ ही फिक्शन, बायोग्राफी, आलेख और आटोबायोग्राफी लिखकर साहित्य में नया मुकाम हासिल किया। इनकी तमाम पुस्तकों का कई भारतीय भाषाओं सहित विदेशी भाषाओं में भी अनुवाद हुआ। अमृता प्रीतम पहली महिला लेखिका हैं, जिन्हें 1956 में साहित्य अकादमी पुरस्कार मिला। 1982 में उन्हें *काग़ज़ ते कैनवास* के लिए ज्ञानपीठ पुरस्कार मिला। 2004 में पद्मविभूषण भी प्रदान किया गया।

औरत

अमृता प्रीतम

पेंगुइन स्वदेश
पेंगुइन रैंडम हाउस इम्प्रिंट

पेंगुइन स्वदेश

यूएसए। कनाडा। यूके। आयरलैंड। ऑस्ट्रेलिया। सिंगापुर
न्यू ज़ीलैंड। भारत। दक्षिण अफ्रीका। चीन

पेंगुइन स्वदेश, पेंगुइन रैंडम हाउस ग्रुप ऑफ़ कम्पनीज़ का हिस्सा है,
जिसका पता global.penguinrandomhouse.com पर मिलेगा

पेंगुइन रैंडम हाउस इंडिया प्रा. लि.,
चौथी मंजिल, कैपिटल टावर-1, एम जी रोड,
गुड़गांव 122 002, हरियाणा, भारत

पेंगुइन
रैंडम हाउस
इंडिया

प्रथम संस्करण हिन्द पॉकेट बुक्स द्वारा 1976 में प्रकाशित
यह संस्करण पेंगुइन स्वदेश में पेंगुइन रैंडम हाउस द्वारा 2023 में प्रकाशित

10 9 8 7 6 5 4 3 2

इस पुस्तक में व्यक्त विचार लेखक के अपने हैं, जिनका यथासंभव तथ्यात्मक
सत्यापन किया गया है, और इस संबंध में प्रकाशक एवं सहयोगी
प्रकाशक किसी भी रूप में उत्तरदायी नहीं हैं।

ISBN 9789353497125

मुद्रक : रेप्रो इंडिया लिमिटेड

भूमिका

विवाह शब्द का अर्थ है – एक औरत और एक मर्द का वह मेल, जो कानून और समाज की ओर से मान्य हो। समय के रीति-रिवाज, सिद्धान्त और दृष्टिकोण इस मेल को अधिकार भी देते हैं और दोनों पक्षों पर निश्चित कर्तव्य भी लागू करते हैं।

यह अधिकार और कर्तव्य समय के साथ बदलते रहते हैं। इस तब्दीली के बुनियादी कारण आर्थिक, राजनीतिक और सामाजिक आवश्यकताएं होती हैं। विवाह तीन प्रकार के होते आए हैं—एक मर्द का एक औरत से, एक मर्द का कई औरतों से, और एक औरत का कई मर्दों से। पर पहले दो प्रकार के विवाहों में एक अन्तर है—एक मर्द जब कई औरतों से विवाह करता है तो हर विवाह रस्मी तौर पर होता है; पर जब कोई औरत कई मर्दों से विवाह करती है तो रस्मी तौर पर उसका विवाह एक ही मर्द से होता है, बाकी मर्दों से कोई रस्म नहीं की जाती। तिब्बत, भारत और श्रीलंका के कुछ भागों में एक भाई की पत्नी सब भाइयों की पत्नी होती है, परन्तु उसके विवाह की रस्म केवल बड़े भाई से होती है। दक्षिण-पश्चिम अफ्रीका और पूर्वी अफ्रीका के कुछ भागों में समूह-विवाह आज भी प्रचलित है। पर वहां भी एक औरत का

विवाह रस्मी तौर पर केवल एक मर्द से होता है, वैसे वह सारे समूह की पत्नी समझी जाती है।

इसके अतिरिक्त इतिहास में पत्नियां बदलने के, पत्नियां उधार देने के भी प्रमाण मिलते हैं—एस्कीमो जाति में यदि किसी मर्द को लम्बे सफर पर जाना होता था और उसकी पत्नी रोगग्रस्त या गर्भवती होने के कारण उसके साथ नहीं जा सकती थी, तो वह मर्द अपने किसी मित्र से, जिसे वहीं रहना होता था, पत्नी बदल-कर ले जाता था। और भी;—अतिथि-सत्कार के तौर पर अतिथि को खाने और बिस्तर के साथ पत्नी भी देने के अनेक प्रमाण कई जगह मिलते हैं—भारत के पहाड़ी ग्रामों में भी।

इसके अतिरिक्त एक दिन के या कुछ दिनों के विवाह का प्रमाण भी इतिहास में मिलता है। मध्यपूर्व में आज भी कहीं-कहीं ऐसा होता है। वहां इसे विवाह की जगह 'मुताह' कहते हैं। और इस प्रकार के मुताह से उत्पन्न होने वाले बच्चे को वैध समझा जाता है।

पश्चिमी मिस्र में कुछ समय पहले तक मर्द का विवाह औरत से होने के स्थान पर एक जवान लड़के से भी वैध समझा जाता था, और उस विवाह को साधारण विवाह की अपेक्षा बहुत धूमधाम से मनाया जाता था।

आर्थिक, राजनीतिक और मानसिक आवश्यकताएं विवाह के रूप बदलती रहती हैं—जैसे, नेपाल में कई स्थानों पर लड़की का विवाह किसी लड़के से करने से पहले किसी देवता से किया जाता है, जिससे कि मर्द की मृत्यु के बाद भी औरत कभी विधवा न हो। सदा रहने वाला देवता उसके सदा रहने वाले सुहाग का प्रतीक बन जाता है।

विवाह के संबंध में कई स्थानों पर एक कहावत कही जाती है—"हमें दुश्मन ब्याहना है।" इस कहावत की पृष्ठभूमि वास्तव में राजनीतिक है। ऐसे विवाह-विरोधी घरानों या वैरी राजाओं के

बीच सुलह-सफाई का कारण बनते हैं। कई स्थानों पर परगने का मुखिया हर गांव की एक लड़की से ब्याह कर लेता है, और इस प्रकार उसका हर गांव से संबंध हो जाता है। पश्चिमी कांगो में 1947 तक दस में से एक औरत 'ग्राम-पत्नी' होती थी। यह प्रायः पड़ोसी वैरी देश से ली जाती थी और उसे 'ग्राम-पत्नी' बनाना दोनों गावों की सन्धि का प्रमाण माना जाता था। छः महीने तक उसे विशेष आदर दिया जाता था, और गांव का हर जवान आदमी उसका पति समझा जाता था। इसके बाद केवल पांच आदमी चुने जाते थे, जो उसके पति कहलाते थे। ये पांचों मिलकर उसके माता-पिता को सौ कपड़े भेंटस्वरूप भेजते थे। इस औरत के पुत्र को 'ग्राम-पुत्र' कहा जाता था, और उसे विशेष अधिकार दिए जाते थे। उसकी लड़की को भी विशेष अधिकार मिलते थे, और वह भारी से भारी ब्याह कर सकती थी, और उसके पति को गांव का मुखिया माना जाता था।

औरत और उसके बच्चों को सम्पत्ति का अधिकार भी विश्व के इतिहास में दो प्रकार का मिलता है—एक पति की ओर से, और दूसरा भाई की ओर से, अर्थात् बच्चे एक प्रथा के अनुसार अपने पिता की सम्पत्ति के उत्तराधिकारी होते हैं और दूसरी प्रथा के अनुसार केवल अपने मामा की सम्पत्ति के। सुमात्रा में प्राचीन परम्परा के अनुसार बहन-भाई सारी उम्र साथ रहते थे। बहन का विवाह पास-पड़ोस के किसी मर्द से कर दिया जाता था, पर बहन न ससुराल जाती थी, न अपना घर अलग बसाती थी। उसका मर्द केवल कभी-कभी रात को उसके पास आ जाता था—उसे घर का 'उधार-मर्द' कहा जाता था। उस औरत के बच्चे अपने पिता से कुछ नहीं लेते थे, सब कुछ अपने मामा से लेते थे। आसाम के कुछ गांवों में और दक्षिण भारत की नायर जाति के लोगों में आज भी यही प्रथा प्रचलित है। आसाम में कुछ गांवों के मुखिया अपनी बेटी का विवाह केवल अपनी बहन के पुत्र से करते

हैं—और इस प्रकार सम्पत्ति या पद सदा घर में ही रहते हैं।

भारत के पुरातन ग्रन्थों में विवाह के आठ प्रकार वर्णित हैं :

1. ब्राह्म विवाह : वर को घर बुलाकर गहने, कपड़े और अपनी बेटी देना
2. देव विवाह : यज्ञ कराने वाले को कन्यादान करना
3. आर्ष विवाह : वर से दो बैल लेकर उसके बदले में लड़की देना
4. प्राजापत्य विवाह : संतान की आवश्यकता के लिए परस्पर रज़ामन्दी से विवाह करना
5. आसुर विवाह : धन-दौलत लेकर बेटी देना
6. गांधर्व विवाह : औरत और मर्द का प्रेम-विवाह
7. राक्षस विवाह : युद्ध में जीतकर लड़की ले जाना
8. पंशाच विवाह :रोती-बिलखती लड़की को ज़बर्दस्ती ले जाना।

आगामी पृष्ठों में इस प्रश्न पर अध्ययन प्रस्तुत किया गया है कि औरत का, हमारी समाजिक व्यावस्था में, व्यावहारिक तौर पर क्या स्थान है।

—अमृता प्रीतम

औरत

(आसपास, और दूर-दूर तक)

•

नारी निकेतन

···दरवाज़े पर खटखट हुई।

"वह यहां आई हुई है?"

"परसों से आई हुई है।"

"हम ढूंढ-ढूंढ़कर हैरान हो गए, पता ही नहीं लगता था, कहां चली गई।"

"वह और कहां जाती! दुखी हुई, दौड़कर मेरे पास आ गई। यह उसका वैसा ही घर है, जैसे किसी लड़की का पीहर होता है।"

"पर उसे इस तरह नहीं आना चाहिए था।"

"मैं भी उसपर नाराज़ हुई हूं कि उसे इस तरह बिना बताए नहीं आना चाहिए था।"

"आपको चाहिए था, आप उसे यहां भीतर न आने देतीं।"

"कैसे न आने देती? आप खुद ज़िम्मेदार होते, उसका दुःख सुनते, तब मुझे सुनने की ज़रूरत नहीं थी।"

"मैंने कभी उसे बुरा-भला नहीं कहा, पर मैं और किसीकी ज़बान नहीं पकड़ सकता।"

"आपने जिस दिन उससे ब्याह किया था, उस दिन मुझसे इकरार किया था कि न आप और न आपके घर का कोई जीव उसकी बीती हुई ज़िन्दगी का ताना देगा।"।

"मैंने उससे कभी कुछ नहीं कहा, लेकिन अगर कोई और कहे तो मैं क्या कर सकता हूं?"

"आप कहने वाले को मना कर सकते हैं।"

"उसने गुस्से में दो दिन रोटी नहीं पकाई, न खाई, न मुझे खिलाई।"

"उसे यह नहीं करना चाहिए था। मैंने उसे बहुत समझाया है। आपसे भी कहती हूं, आप घर में उसे थोड़ा-सा आदर देकर देखिए, वह कुछ और ही हो जाएगी।"

"मैंने उसे पिछले महीने रेशमी सूट सिलवाकर दिया था।"

"आपने बहुत अच्छा किया, पर इसके साथ उसे थोड़ा-सा आदर भी दें।"

मां ने लड़की को बराबर के कमरे से बुला लिया, उसके सिर पर हाथ फेरा, फिर कहा, "तैयार हो जा बेटी! तेरा पति तुझे ले जाने के लिए आया है। साथ ही समझाया, "अपने घर को तुझे खुद ही बनाना है बेटी! इस तरह हर चौथे दिन घर से गुस्से होकर आ जाएगी तो घर किस तरह बनेगा!" लड़की जाने के लिए तैयार हो गई। मां को खयाल आया, खाने का समय हो गया है—पूछने लगी, "तूने अभी तक रोटी खाई है या नहीं? रोटी खाकर जाना, भूखे मत जाना।"

इस मां, विद्यावती को, सब मां कहते हैं। मैंने सामने बोर्ड

की ओर देखा। इस बोर्ड पर रोज़ चाक से घर के सदस्यों की गिनती लिखी जाती है, क्योंकि इस घर के सदस्य रोज़ घटते-बढ़ते रहते हैं। बोर्ड पर एक कोने में आज की तारीख लिखी हुई थी :26 फरवरी, 1965, और साथ ही सदस्यों की गिनती लिखी हुई थी : 138। यह गिनती बहुत ब्योरे के साथ लिखी गई थी :

तीन वर्ष तक के बच्चे	5
सात वर्ष तक के बच्चे	7
बारह वर्ष तक की लड़कियां	20
अठारह वर्ष तक की लड़कियां	8
अठारह वर्ष से बड़ी आयु की लड़कियां	98
कुल जोड़	138

घर के बाहरी दरवाज़े की रखवाली के लिए पहरा है, पर बाहर के दरवाज़े के अन्दर खुला मैदान है। कहीं छोटा-सा बाग लगा हुआ है, कहीं सब्ज़ियों की क्यारियां हैं। कमरे भी बहुत-से हैं। किसी कमरे में सिलाई और कढ़ाई सिखलाई जा रही है, किसी कमरे में खड़डी लगी हुई है, किसी कमरे में संगीत-शिक्षा दी जा रही है, और किसी कमरे में पढ़ाई हो रही है। एक कमरा लाइब्रेरी है, जहां कुछ किताबें और अखबार पड़े हुए हैं।

देखा—एक कमरे में कुछ पालने पड़े हुए हैं। दो पालने बिलकुल पास-पास हैं। एक में पचास दिन का एक बच्चा है और दूसरे में अठारह दिन का। इन दोनों पालनों के पास पन्द्रह-पन्द्रह बरस की लड़कियां खड़ी हुई हैं। इन लड़कियों का रंग पीली हल्दी के समान है। पालनों को जब झुलाने के लिए वे हाथ से उन्हें हिलाती हैं तो उनके हाथों की उंगलियां कांपती हैं। वे खोई-खोई आंखों से कभी बच्चे के मुंह की ओर देखती हैं और

कभी अपने इर्द-गिर्द। उन्हें स्वयं पता नहीं लग रहा है कि कुछ ही महीने हुए, वे हाथ में बस्ता लेकर स्कूल जा रही थीं, फिर रास्ते में उन्हें उनके पड़ोस के कुछ लड़के मिले, वे परिचित हो गए, और न जाने वे उनके कहे में आकर एक दिन शाम के समय किस तरह उनके घर चली गई। उस दिन घर के सब लोग न जाने किसी शादी में गए हुए थे या कहीं सैर करने, या किसीके शोक में—घर पर कोई नहीं था। उन्होंने मिलकर चाय बनाई। इन नये दोस्तों से बातें करती रहीं। इन बातों में उनके ब्याह की बात भी आ गई। इन नये दोस्तों ने ज़िन्दगी के कितने ही सपने उनकी आंखों में भर दिए। इन सपनों के रंग उनकी आंखों में घुलने लगे और घुलते-मिलते रंगों में उनके मन कितनी ही देर तैरते रहे। फिर उन्हें बिलकुल मालूम नहीं कि वे उन थोड़े-से मिनटों के खेल में किस तरह माएं बन गईं।

जिन्होंने इनसे ब्याह के सुनहरी और रंगीन इकरार किए थे, वे न जाने कहां चले गए। इन्होंने अगर कोई बात कहनी चाही तो उन लोगों ने अपने कान बन्द कर लिए। और इन्होंने अगर अपनी दशा दिखानी चाही तो उन्होंने अपनी आंखें बन्द कर लीं। इन पन्द्रह-पन्द्रह बरस की बालिका-माताओं ने जब अपनी खोई-खोई आंखों से इस दुनिया को देखा तो यह इतनी बड़ी दुनिया सिमटकर एक छोटा-सा 'नारी निकेतन' बन गई, और अब जब कोई इनसे बात करना चाहता है तो ये सामाजिक दृष्टि के बोझ से दबकर, कांपते हुए उनके पांवों के पास बैठ जाती हैं। इनका समूचा अस्तित्व सिकुड़ जाता है।

ये पन्द्रह-पन्द्रह, सोलह-सोलह साल की बच्चियां जब और वड़ी होंगी, एक बार फिर इनके मन में टूटे हुए सपने ज़ोर मारेंगे।

मां विद्यावती इन्हें कभी कोई पुस्तक पढ़ाएगी, कभी अपने साथ बस में ले जाकर इन्हें किसी बाग-बगीचे की सैर करा देगी। दीवाली-बैसाखी के अवसरों पर इन्हें कांच की चूड़ियां ले देगी। पर जवानी इनके मन को अपने नाखूनों से खुरचेगी। आहों से दीवारें काली नहीं होतीं, पर काली रातें और काली हो जाती हैं। और मां एक दिन इन्हें अपने पास बिठाकर इनसे बातें करेगी और ये कांपते हुए होंठों से कहेंगी कि विवाह कराने को इनका जी करता है।

मां समाचारपत्रों में विज्ञापन छपाएगी। कज वाले लोग अर्ज़ियां भेजेंगे। फिर एक कमेटी बैठेगी, अर्ज़ियों को ध्यान से पढ़ेगी, अखियां भेजने वालों को बुलाएगी, उनके वेतन के संबंध में उनके दफ्तरों से पूछताछ करेगी, उनके स्वास्थ्य के संबंध में डॉक्टरों से पूछेगी, और फिर लड़कियों को उनसे मिलने के लिए दो-चार दिन का समय देगी। यदि दोनों की सहमति हुई तो उन्हें आंगन में बिठाकर विवाह की रस्म पूरी कर देगी। मां उनके पतियों को एकान्त में बिठाकर उनसे इन्सानी तकाज़ा करेगी, "इन्हें घर में थोड़ा-सा आदर देकर देखना···यह द्रौपदी, यह कौशल्या, यह राधा, यह शकुन्तला, बड़ी मासूम हैं···इन्हें कभी बीती हुई ज़िन्दगी का उलाहना न देना···"

उलाहने फिर भी धरती में से इस तरह निकल आएंगे, जिस तरह कीड़े-कांटे निकल आते हैं और मां, जहां तक हो सकेगा, इन कीड़ों-कांटों को पकड़-पकड़कर परे फेंकती रहेगी। तेरह बरस से वह इसी प्रकार धरती की अनेक बेटियों को अनेक कांटों से बचाने के उपाय करती रही है।

पालनों में पड़े हुए बच्चे घुटनों चलना सीखेंगे, दौड़ना सीखेंगे,

लेकिन उन्हें यह पता नहीं लगेगा कि वे दौड़कर कहां जाएं। इन्हें पालने और खिलाने वाली मिसेज़ चटर्जी आए दिन अपने मन में सौगन्ध खाएगी कि अब वह किसीसे मोह नहीं लगाएगी। पहले उसके मन में अशोक के लिए मोह हो गया, वह बड़ा होकर मर गया। फिर हरीश से उसका मोह जुड़ गया था। वह जब तीन बरस का हुआ, उसे कोई ज़रूरतमन्द गोद लेकर चला गया। फिर उसे अर्जुन से मोह हो गया। वह जब सात वर्ष का हुआ, उसे किसी और आश्रम में भेज दिया गया, क्योंकि सात वर्ष से अधिक आयु का लड़का महिलाओं के इस आश्रम में नहीं रह सकता। इस तरह मिसेज़ चैटर्जी की आंखें वर्षों से आंसुओं से ही भरी दीखती हैं। एक बिछोह के आंसू सूखने नहीं पाते कि दूसरे बिछोह के आंसू उसकी आंखों में अपनी जगह बना लेते हैं। वह अपने मन में फिर सौगन्ध खाती है कि अब कभी किसी के मोह में नहीं पड़ेगी, पर सौगन्ध हर बार टूट जाती है और उसे फिर अपने हाथों से पाले हुए किसी बच्चे से ममता हो जाती है। वह भरपूर जवानी में विधवा हो गई थी। बंगाली विधवा का दुःख बंगाली विधवा ही जानती है। उसे अपने लम्बे-लम्बे सिर के बाल अत्यन्त प्यारे थे, पर जब वह विधवा हुई, उसका सिर मुंडना था, इसलिए वह डरती और छुपती हुई बंगाल छोड़कर आ गई। बेटियों को उसने स्वयं जन्म देकर देखा था, किन्तु पुत्र नहीं देखा था, इसलिए वह उन पुत्रों की मां बन गई, जिनकी माएं कभी उनकी माएं नहीं बन सकीं। इसलिए उन्हें पालते-पालते उसे अनायास ही उनसे मोह हो जाता है। उसने हिन्दी बोलना सीख लिया है, पंजाबी समझना सीख लिया है, पर वह जब किसी लाड़-भरी गाली की नकल करते हुए उन पुत्रों से कहती है, “खसमां खाने,” तो फिर दौड़ी-दौड़ी किसीके

पास जाकर पूछती है, "ये नन्हे-नन्हे इतने प्यारे लगते हैं, आज मैंने इनको खसमां खाने कहा, यह खसमां खाने क्या होता है?" और फिर वह उन्हें लोरी सुनाने लगती है।

और उन्हें जन्म देने वाली अभागी माएं न जाने कौन-कौन-से शहर में और किस-किस कोने में बैठकर अपनी छाती में दबी हुई उस लोरी को टटोलकर देखती होंगी, जो कभी उनके होंठों पर न आ सकी। और शायद कभी सोते-जागते उनके मुंह से निकल जाता होगा, "खसमां खाने,"—न जाने वे यह गाली किसे दे रही होंगी—मन के पूरे लाड़ से अपने बिछुड़े हुए पुत्रों को, या मन की पूरी नफरत से उन मर्दों को, जिन्होंने इन पुत्रों के पिता कहलाने से इनकार कर दिया, और जिनके इनकार के कारण वह कभी इन पुत्रों की माएं न कहला सकीं!

बालिका-गृह

"मुन्नी! तुमने आज फिर दरी पर स्याही गिरा दी?"

"बहनजी! मैं अपने ध्यान में लिख रही थी, भागो ने मेरी दवात पर पैर मार दिया।"

"बहनजी! मुन्नी ने मेरा रूमाल फाड़ दिया था। वह मुझे मेरी मां ने दिया था। फूलों वाला रूमाल था।"

"बहनजी!"

"कहो, मुन्नी?"

"मां क्या होती है?"

अध्यापिका अपने इर्द-गिर्द देखने लगती है। उसके इधर-उधर कोई साठ बच्चियां खड़ी हुई हैं—तीन-चार बरस की, पांच-छ: बरस की, सात-आठ बरस की। जो बात आज उससे मुन्नी ने पूछी है, वह पहले भी उससे अनेक बच्चियों ने पूछी है। वह हर बार बड़े धीरज से उस पूछने वाली बच्ची से कहती है:

"तुमने कालो की मां देखी थी न, और फूलों की मां भी—वे महीने में एक बार आती हैं।"

"हां।"

"उसी तरह हर बच्चे की मां होती है।"

“मेरी मां भी ?”

“हां, तुम्हारी भी। तुम्हारी मां को हम खोज रहे हैं। जब मिल जाएगी, मैं तुम्हें बता दूंगी।”

“फिर वह मुझसे मिलने आएगी ?”

“ज़रूर आएगी। शायद वह तुम्हें अपने घर ले जाए।”

“कहां ?”

“अपने घर।”

“उसका घर कहां है ?”

“जब वह मिलेगी, तब बताएगी।”

“पर कालो की मां मिल गई है, वह कालो को अपने घर क्यों नहीं ले जाती ?”

“वह बहुत गरीब है। उसके पास पैसे हैं ही नहीं। कालो का पिता बीमार है। जब वह अच्छा हो जाएगा, पैसा कमाएगा। फिर जब वह पैसे कमाएगा, कालो की मां आकर कालो को ले जाएगी।”

“पर मिन्नी का पिता बीमार नहीं है, वह तो यहां आया था। वह मिन्नी को घर क्यों नहीं ले जाता ?”

“मिन्नी की मां मर गई है, इसलिए वह मिन्नी को घर पर नहीं रख सकता।”

“पर, बहनजी ! मिन्नी कह रही थी, उसकी मां है।”

“वह मां सौतेली है, वह मिन्नी को नहीं रखती।”

“बहनजी ! सौतेली मां क्या होती है ?”

भरे बाज़ारों और तंग गलियों से मिली ये छोटी-छोटी बच्चियां जब बातें करने योग्य हो जाती हैं, वह अपने-आप सवाल कर-करके थक जाती हैं। आज भी मुन्नी पहले कितनी ही देर अपनी अध्यापिका से पूछती रही, “बहनजी ! मां क्या होती

है?" और फिर अपने-आप परे जाकर नया सीखा गीत गाने लगी—"मैं तो रोती रही और वह हंसता रहा···" उसके गिर्द बहुत-सी लड़कियों ने झुण्ड बना लिया। वे भी उसके साथ गाने लगीं—"मैं तो रोती रही और वह हंसता रहा, मैं तो लाज की मारी बैठ गई।"

यह राधा और कृष्ण का गीत था। कृष्ण ने राधा के कपड़े चुरा लिए थे, इसलिए राधा लाज की मारी पानी से बाहर नहीं निकल रही थी। अध्यापिका ने स्वयं ही यह गीत बच्चियों को सिखाया था, पर आज जब 'बालिका-गृह' की बच्चियां यह गीत गा रही थीं तो अध्यापिका सोचने लगी कि राधा और कृष्ण का यह गीत समय बीतने पर न जाने क्या बन गया है। न जाने इस विश्व में कितनी बच्चियां रो रही हैं, और न जाने वे किसकी बात कर रही हैं—"मैं तो रोती रही और वह हंसता रहा"—शायद समय की बात कर रही हैं, ज़माने की बातें कर रही हैं। और यह बात आज तीन बरस की छल्लो भी कह रही है—"मैं तो लोती लही औल वो हंछता लहा," और जिसे अभी 'रोती' कहना भी नहीं आता, उस बच्ची का वर्तमान भी रो रहा है और भविष्य भी।

एक और बालिका-गृह

पांव जहां तक जा सकते हैं, जाते हैं। जहां दीवार आ जाती है, वहां ठिठककर खड़े हो जाते हैं। सपने दीवार के ऊपर से छलांग मार देते हैं और जो भी रास्ता सामने आता है, उसपर दौड़ने लगते हैं।

सीता, सावित्री, लीला, शीला, मीरा, तारो कमरे में बेचैनी से करवटें लेती हैं। फिर हड़बड़ाकर बाहर आती हैं और फिर सामने वह दीवार आ जाती है, जिसपर लिखा हुआ है—'बालिका-गृह'। वे ठिठककर खड़ी हो जाती हैं और दीवार के ऊपर से, जहां तक दृष्टि जाती है, देखने लगती हैं।

"तूने मुझसे कहा था, तू मुझे एक खेल बताएगी, बता," पंद्रह बरस की कोई तारो मीरा से कहती है। मीरा बाहर गली की ओर देखते हुए कहती है, "अच्छा, बताती हूं···अभी तो गली खाली पड़ी हुई है। अभी यहां से कोई जाएगा तो मैं तुझे खेल बताऊंगी··· यह एक लड़का आ रहा है। नहीं, यह नहीं, यह तो कोई नौकर जैसा मालूम होता है···वह एक आदमी जा रहा है। नहीं, वह भी नहीं, वह तो कोई मोटा-सा लगता है···वह देख, दो लड़के उसी गली में से मुड़े हैं, कितने सुन्दर हैं! ज़रूर कॉलिज में पढ़ते होंगे। उनके कपड़े

कितने सुन्दर हैं! चल, एक तेरा हो गया, एक मेरा—वह जो लम्बा-सा है, वह मेरा; और वह पीली कमीज़ वाला तेरा।"

"वह कैसे? उन्होंने तो हमारी तरफ देखा तक नहीं, वे तो चुपचाप परली तरफ मुड़ गए···" तारो कहती है और सोचने लगती है कि यह कैसा खेल है।

"यह खेल बस ऐसे ही होता है," मीरा उत्तर देती है और फिर स्वयं भी वही बात सोचने लगती है, जो तारो सोच रही थी।

"तुम दोनों यहां क्या कर रही हो?" एक अध्यापिका दूर से इन्हें देख लेती है और पास आकर दोनों की बांह पकड़कर कहती है, "चलो कक्षा में। तुम्हें मालूम नहीं, तुम्हारी परीक्षाएं होने वाली हैं? आज मार्च की छः तारीख हो गई।"

"हमसे पढ़ा नहीं जाता, हमारे सिर में दर्द हो रहा है।"

"और यहां खड़े होने से सिर का दर्द दूर हो जाएगा? रोज़ बहाना। क्यों री मीरा! परसों तेरी मां तुझसे मिलने आई थी, तू उससे मिलने के लिए भी नहीं उठी थी, तब भी तेरे सिर में दर्द हो रहा था?"

"मां से मिलने को मेरा जी नहीं करता।"

"उस बेचारी का क्या दोष है! वह कितनी देर तक तेरा सिर दबाती रही और रोती रही।"

"सब उसीका दोष है। अगर वह मुझे पाल नहीं सकती थी तो उसने मुझे जन्म ही क्यों दिया था?"

"वह बिचारी न जाने कैसे बस के पैसे खर्च करके तुझसे मिलने आई थी। तेरा पिता जब उसे छोड़कर चला गया, तब दो बरस तक उसने तुझे भी पाला और तेरी छोटी बहन को भी, पर वह बिचारी तुम दोनों को पालने और पढ़ाने के लिए पैसे कहां से लाए! हार-

कर वह तुम्हें यहां छोड़ गई। यहां तुम्हें पाला भी जाता है। जब तुम पढ़ लोगी···"

"फिर क्या हो जाएगा? आप हमें इस आश्रम से निकालकर दूसरे आश्रम में भेज देंगी। वहां भी हम सारी उम्र···"

"तुम्हारे लिए जो कुछ हो सकेगा, करेंगे। तुम्हारे लिए नौकरी तलाश करेंगे, तुम्हारा ब्याह करेंगे···"

"हम जानती हैं, हमसे ब्याह कोई नहीं करेगा···हम सारी उम्र इसी तरह आश्रमों में..."

मीरा रोने लगी। उसकी ओर देखकर तारो भी रोने लगी। बारह बरस की लड़कियां जब चौदह बरस की होती हैं; चौदह बरस की लड़कियां जब सोलह बरस की होती हैं, वे इसी तरह कभी रोने लगती हैं, कभी चुपचाप अध्यापिका या वार्डन से माफी मांगकर अपनी कॉपियों पर सवाल करने लगती हैं। कभी-कभी कोई लड़की सुपरिंटेंडेंट की चाभी चुराकर दवाओं की अलमारी खोल लेती है, और कोई अल्लम-गल्लम दवा खाकर मरने की कोशिश करती है। मरा नहीं जाता, तब किस्से-कहानियों की किताब में तसवीरें देखने लगती है और दीवार पर लटके हुए मट-मैले-से शीशे के सामने खड़े होकर अपनी टूटी हुई कंघी से अपने बाल उस तरह काढ़ने लगती है; जिस तरह उसने कहानियों की किताब में किसी लड़की के देखे थे।

फिर उस मटमैले कमरे में उसकी सांस घुटने लगती है, क्योंकि कमरे में कोई पच्चीस लड़कियां उसीकी तरह कभी गर्म सांसें लेती हैं, कभी ठंडी। वह कभी अकेली और कभी किसी लड़की के साथ घबराकर कमरे के बाहर आ जाती है। दूसरे कमरे में भी उस जैसी कोई पच्चीस लड़कियां बैठी हुई हैं। वह उस कमरे में भी

नहीं जाती। बाहर आती है, और फिर सामने वह दीवार आ जाती है, जिसपर लिखा हुआ है, 'बालिका-गृह'। वह ठिठककर खड़ी हो जाती है। उसके सपने दीवार के ऊपर से छलांग मार देते हैं। एक गली में से गुज़रकर वे दूसरी गली में चलने लगते हैं। बहुत-सी गलियां हैं, बहुत-से बाज़ार हैं, पर वह रास्ता कहीं नहीं है, जो सपनों की पूर्ति की ओर जाता हो। इसलिए सपनों के पांव जब थक जाते हैं, वे फिर वापस आ जाते हैं। दीवार पर लोहे के तार लपेटे हुए हैं। सपने इस दीवार को फलांगकर कभी बाहर जाते हैं, कभी अंदर आते हैं, और हर बार लोहे के तार बड़े ज़ोर से उनके पांवों से टकराते हैं।

सेवा कुटीर

"ना बीबी, मांगना हमारा पेशा नहीं है। हम तो मेहनत-मजूरी करने वाली औरतें हैं। ये थानेदारियां हमें धींगामुश्ती से पकड़कर ले आई हैं···" एक ने कहा और रोने लगी।

"मैं नसीब की मारी इस शहर में आई। घर वाले को आए कई बरस हो गए थे। सुना था, कहीं चांदनी चौक में दुकान करता है। मुझे न चिट्ठी लिखता था, न पैसा भेजता था। मैंने पड़ोसियों से पैसे उधार लिए और गाड़ी में सवार होकर उसे ढूढ़ने आ गई। सारे बाज़ारों में ढूंढा, वह कहीं नहीं मिला। कभी कोई तरस खाकर मुझे रोटी दे देता था, लेकिन अब पुलिस ने पकड़कर अन्दर कर लिया है।" दूसरी ने कहा और रोने लगी।

"बंगला देश से···कलकत्ता···कलकत्ता···हिन्दी थोड़ा-थोड़ा···विधवा···तीर्थदर्शन···पैसा नहीं, हाय···" एक विधवा बंगालिन ने इशारों से समझाया।

"हिन्दी ना···तमिल···तमिल···" एक और ने कहा और उसके पास खड़ी हुई एक औरत 'आं···आं' करने लगी। वह गूंगी थी। न जाने क्या कह रही थी!

"देख बीबी! मैं तुझे बताती हूं। तू मेरी बात सुन। यह सब

मांगने-तांगने वाली हैं। कुछ इनमें से मजूरी भी करती थीं। ये झूठ नहीं बोल रही हैं, पर मजूरी सदा नहीं मिलती। जब नहीं मिलती, ये मांगने लगती हैं। इन सबको एक-एक बरस की कैद है। यहां रोटी तो मिलती है, पर ये दीवारे हमें खा जाती है। बाहर रोटी नहीं मिलती, पर बाहर शरीर को दुनिया की हवा तो लगती है···" एक कोई अस्सी बरस की बूढ़ी औरत ने पहले धीरज से कहा, फिर उसकी आवाज़ कांपने लगी और वह अपने सफेद बालों को हाथों से नोचने लगी।

एक औरत चुपचाप खड़ी हुई हाथ जोड़े जाती थी और रोए जाती थी। फिर थोड़ा-सा झिझककर बोली, "मैंने कभी किसी से कुछ नहीं मांगा। मशीन चलाकर लोगों के कपड़े सीती थी··· मुझे···"

"तू मशीन चलाती थी, सच है; पर तू और धन्धा जो करती थी, तूने अपनी जवान लड़की से पेशा करवाया था।" पास से उस बूढ़ी औरत ने उसे झिड़ककर कहा।

"मैंने उसका ब्याह किया था···उसे उसके मर्द ने घर से निकाल दिया।" वह औरत फिर पुलर-पुलर रोने लगी।

"आठ महीने बीत गए हैं। चार रह गए हैं। सबर कर ले। तू चार महीने बाद छूट जाएगी।" बूढ़ी औरत ने कहा और उसे एक-दो गालियां भी दे दी। गालियां खाने वाली चुपचाप रोए जा रही थी, कहती कुछ नहीं थी, शायद सोच रही थी, 'मैं जानती हूं, अच्छी-अच्छी औरतें यह पेशा करती हैं। पता नहीं, किस तरह करती हैं! वे बड़े-बड़े होटलों में जाती हैं, बड़े-बड़े दफ्तरों में ; पर उन्हें कोई नहीं पकड़ता। हम गरीबों पर तो भगवान की मार है।"

दूर कोने में खड़ी हुई एक औरत कितनी ही देर से रो रही थी। फिर वह एकाएक इधर को आई और सुपरिटेंडेंट के पैरों पर गिर गई, "मेरा साल पूरा होने वाला है। मुझे यहां से बाहर मत निकालना! बाहर मेरा कोई नहीं है, मैं कहां जाऊंगी, बाहर मुझे डर लगता है।" और उसकी यह मिन्नत सुनकर सेवा कुटीर की सुपरिटेंडेंट उसे दिलासा देने लगी।

"तू ऐसे ही रोती है। तू बाहर जाएगी तो तुझे कौन-सा रोज़गार मिल जाएगा बाहर जाके? तू फिर मांगेगी, और पुलिस तुझे फिर पकड़ लेगी और फिर यहां ले आएगी। तू चुपचाप फिर आ जाना।" बूढ़ी औरत ने भी उसे दिलासा दिया और फिर दुखी-सी होकर कहने लगी, "सारी उमर इन दीवारों से टक्कर मारती रहना, तुझे कोई नहीं मना करेगा।"

जेल के बाहर डर है, भूख है, ज़लालत है, और अन्दर सांस घुटती है। सबकी सब औरतें जैसे बिलखकर कह रही हैं, "हमें यहां से बाहर न निकालिए!"और सबकी सब औरतें जैसे बिलखकर कह रही हैं, "हमें जैसे भी हो, यहां से बाहर निकाल दीजिए!"

एक पूनी चढ़ाई, एक उतारी

—माताजी! आपका जन्म और इस बीसवीं सदी का जन्म लगभग एकसाथ ही हुआ होगा, थोड़ा आगे-पीछे, वैसे तो आपकी जवानी और आपके सपने बीसवीं सदी के ही कहे जा सकते हैं, पर पिछले कुछ बरसों में स्त्री जाति की दशा में तो जाने कोई अन्तर पड़ा है या नहीं, पर स्त्री की चेतना में ज़रूर अन्तर पड़ा है। आपके समय में औरत में बहुत चेतना नहीं थी, आपको ज़िन्दगी कैसी लगती रही?

—बेटी! चेतना हो न हो, अंगों पर जैसे जवानी चढ़ती है, मन पर सपने भी उसी तरह चढ़ते हैं। औरत भले ही पढ़ी-लिखी न हो, पर हाथ-पांव की तरह सपने भी उसके शरीर का अंग होते हैं। पर तुमने यह बातें मुझसे किस समय पूछी हैं! अगर तुमने छः महीने पहले पूछी होती, तब मन बड़ा भरा हुआ था, न जाने मैं तुम्हें क्या-क्या बताती! मन खोलकर दिखा देती।

—छः महीने पहले!

—छः महीने हुए हैं, वही मर गया, जिसके सिर सारे उलाहने थे। अब ज़िन्दगी भी खाली हो गई है और मन भी खाली। मरने वाला क्या मरा, सारा मन ही औंधा हो गया। बची-खुची उम्मीदें

भी मिट्टी में मिल गई, और साथ ही सारे उलाहने भी मिट्टी हो गए। अब किससे उलाहना? और किस बात का उलाहना?

—पर आपके मन ने यह उलाहने कई बरस ओढ़े हैं।

—मैंने तो इतने कपड़े भी शायद नहीं ओढ़े, जितने दुःख ओढ़े हैं। हमारे समय में बेटियों को कम ही पढ़ाते-लिखाते थे, सिर्फ बेटों को ही जी भरकर पढ़ाते थे; क्योंकि उनको कारोबार करने होते हैं, बड़ी-बड़ी नौकरियां करनी होती हैं। मैं अच्छे घर की बेटी थी, पढ़ी-लिखी नहीं थी, पर जिससे ब्याही गई थी, वह पुलिस का बड़ा अफसर था। मुझे यह सारी उम्र पता नहीं लगा कि उसका स्वभाव किस पत्थर का बना हुआ था। हो सकता है, इसलिए हो, क्योंकि बड़े अड़ियल लोगों से उसका वास्ता पड़ता था। मातहतों से कौन जाने सख्ती से ही काम लिया जा सकता हो, पता नहीं, पर घर की औरत के लिए भी उसके मन में ज़रा नर्मी नहीं थी। घर के नौकर भी उसका हुकम बजाते थे और घर की औरत भी। ब्याह में मेरे लिए बुरका गया था, फिर मजाल नहीं पड़ी कि कभी खुले मुंह घर की दहलीज़ भी देख लूं। रात को भी अगर वह कह देता कि दिन चढ़ा हुआ है, तो क्या मुझे और क्या किसी और को, यही कहना पड़ता कि हां, दिन चढ़ा हुआ है। यह किसीकी मजाल नहीं थी कि कोई कह जाए कि इस वक्त रात है।

—बड़ी घुटन की ज़िन्दगी रही होगी वह?

—घुटन जैसी घुटन! मुझे याद नहीं कि मैंने कभी पूरी सांस ली हो। सांस भी घोंट लेती, पर नौकरों-चाकरों के सामने भी मान-पत उतर जाती थी। बड़ा दुःख जो मेरे अन्दर घर कर गया था, वह यह था कि किसीके सामने मेरी पत न उतारी जाए। अकेले में फटकार खा लेती, कोई बात नहीं थी। वह जो मार चोरों को

मारता था, वही औरत को, और वही गालियां। नौकरों की भी मुसीबत आई रहती थी और मेरी भी। मुझे याद है एक बार उसे शक हो गया कि नौकर ने जेब में से दस रुपये निकाल लिए हैं। दीवार में दो बड़ी-बड़ी कीलें ठोककर नौकर के हाथ रस्सी से बांध दिए, उसके पैरों के पास दहकते कोयलों की भरी अंगीठी रखकर उसमें मिर्चों की धूनी दे दी। बस, ऐसे ही समझ लो कि घर में हर समय किसी न किसी तरह की मिर्चों की धूनी जलती रहती थी, सांस कोई कहां से लेता!

—पर औरत उसके बच्चों की मां थी, बेकसूर थी!

—औरत कहां बेकसूर होती है, बेटी! वह तो औरत होने का कसूर माथे पर लिखाकर जन्म लेती है। इस कसूर से बंधी हुई थी मैं—बस, ज़िन्दगी के दो ही काम थे—बच्चे पैदा करते रहना, और मेहमानों के लिए रोटियां पकाए जाना। फिर मैंने एक और भी कसूर किया—तीन बेटियों को जन्म दिया। पर मैंने फैसला कर लिया था कि मैं बेटियों को ज़रूर पढ़ाऊंगी। सोचती थी, मैंने जैसी जून भुगती है, वह मेरी बेटियां न भुगतें।

—इसमें उन्हें क्या एतराज़ था?

—वह बेटियों को नहीं पढ़ाना चाहते थे। पांच-सात जमाअतें पढ़ाकर उनका ब्याह कर देना चाहते थे। मैं सोचती थी, बेटियों के पास दहेज होगा, तो वह तो ससुराल वाले छीन लेंगे, वे बिचारी नंगी-बुच्ची मार खाने के लिए रह जाएंगी; पर उनके पास अगर इल्म होगा तो उसे कौन छीनेगा? दुखी होंगी, अपनी रोटी आप कमाकर खा लेंगी, मेरी तरह एक ही जगह पड़ी-पड़ी तो नहीं सूख जाएंगी। मैंने थोड़ा खा लिया, थोड़ा बचा लिया, पर बेटियों को पढ़ा लिया। एक को डॉक्टरी कराई, एक को एम॰ ए॰ कराया,

एक को बी॰ ए॰, बी॰ टी॰ कराया। पर एक मुश्किल और आ गई। मेरी एक लड़की ने बाप के कहे लड़के से ब्याह करने से इनकार कर दिया। वह मरने के लिए तैयार हो जाती थी, पर ब्याह कराने के लिए तैयार नहीं होती थी। जहां बाप ने कहा था, वहां भी मना कर दिया; जहां आप करना चाहती थी, वहां भी। बस, यही उसका कसूर था। यह कसूर भी मेरे माथे मढ़ा गया कि मां ने बेटी को पढ़ाकर बिगाड़ दिया है। एक यह बात भी थी कि बाप ने सारी उम्र लोगों की बहुओं-बेटियों की बढ़ा-चढ़ाकर बातें की थीं। परायी आग अग्नि देवता होती है, पर जब अपने घर को आग लगती है, वह अग्नि देवता नहीं होती। उन्हें यही गम लग गया कि मैं लोगों की बहू-बेटियों की चर्चा किया करता था, अब लोग मेरी बेटी की बातें करेंगे। बेटी चाहे सारी उम्र अपने सतपर रहे, वह दोषी होती है। पुत्र रंडियां भी ले आएं तो वे दोषी नहीं होते। मेरी बेटी को झेलने वाला कोई नहीं था, मैंने उसे अपनी छाती से लगा लिया। बस, इस बात से मुझसे और बिगड़ गए। पहले बोलना-चालना छोड़ दिया, फिर इस बुढ़ापे में अपनी छत के नीचे से भी निकाल दिया। पर बेटी! तुम्हें एक बात बताऊं। यह सिर्फ मेरी कहानी नहीं है, न जाने कितनी ही और औरतों की भी कहानी है। दुखी को दुखी मिलता है। मेरे पास मुझ जैसी उड़कर आ बैठती है। सबकी ले-देकर यही कहानी है। एक पूनी चढ़ाई और एक उतारी, पर दुःख का तार सबमें से एक जैसा ही निकलता है।

दो रोटियों की मुहताजी

—मांजी! आपकी उम्र कितनी होगी?

—पाकिस्तान बने हुए कितने बरस हो गए बेटी?

—अठारह बरस।

—चौदह और जोड़ लो। जब लड़ाइयां चल रही थीं, तब मेरा ब्याह हुआ था, मैं तब चौदह बरस की थी।

—ये तो सिर्फ बत्तीस हुए। मैं ऐसे ही आपको मांजी कहे जा रही हूं!

—उम्र तो बेटी, यही है, पर दुखों ने दुगुनी कर दी। क्यों, क्या मैं साठ की लगती हूं?

—मैं आपकी उम्र पचास से ज़्यादा समझती थी—पचास-पचपन। वैसे सोचती थी कि अगर इस उम्र में आपकी ऐसी शकल है तो जवानी में क्या रही होगी!

—क्या जाने कैसी थी! जवानी तो मैंने ज़हर की तरह पी ली। लोग कहते हैं, बड़ा रूप था; रूप को भी मैंने घूंट भरकर पी लिया। चौदह बरस की थी, चाचा की लड़की मर गई। ब्याही हुई थी। उसके ससुराल वालों ने तीन दिन तक उसकी लाश बाहर नहीं निकाली। हमारी तरफ यह रिवाज़ था कि जब कोई ब्याही

औरत मरती थी तो उसकी लाश तब बाहर निकालते थे, जब उसके पीहर वालों से किसी दूसरी लड़की का रिश्ता मांग लेते थे। सो, मरने वाली की जगह को भरने के लिए मेरे मां-बाप ने मेरा ब्याह कर दिया। एक बार तो मेरी मां भी रो उठी थी, पर हमारी तरफ, डेरा गाज़ीखां में, अदला-बदली के रिश्ते होते थे। मेरा भाई क्वांरा बैठा हुआ था, उसे अपना लालच पड़ गया। सो, दोनों मर्दों की बहनों की अदला-बदली हो गई। मरने वाली पांच बच्चे छोड़कर मरी थी, पांच वे पाले; चार मेरे घर जन्मे, वे पाले। घर वाले को दुकान में घाटा पड़ गया। तुम पूछोगी, यह घाटा कैसे पड़ गया। पाकिस्तान से उजड़कर आया था। चाय-दूध की दुकान खोली। दुकान तो कहां से मिलती थी, एक झोंपड़ी-सी डालकर चार बर्तनों के साथ गुज़ारे-भर का इन्तज़ाम किया। सरकारी लोग आते थे, झुग्गी तोड़ जाते थे, दूध-चाय धरती पर बहा जाते थे, मिट्टी का चूल्हा भी तोड़ जाते थे और बर्तन उठाकर ले जाते थे। वह सरकार दरबार में हाज़िर होता था, जुर्माना भरता था, और बर्तन वापस ले आता था। पर झुग्गी बनाए बिना और चारा नहीं था। फिर मिट्टी गूंधता था, और चूल्हे में लकड़ियां लगाता था। चार दिन नहीं गुज़रते थे कि सरकारी शकलें फिर दिखाई दे जाती थीं। इन जुर्मानों ने मेरे घर वाले की कमर तोड़ दी। उसे बेहोशी के दौरे पड़ने लगे। मैं बच्चों के मुंह में रोटी कहां से डालती! लोगों के घरों में जाकर बर्तन मांजने लगी।

—आपके पहले बच्चे इतने दिनों में बड़े हो गए होंगे, वे कुछ नहीं कर सकते थे?

—दुःख तो इसी बात का था कि बेटियां चार थीं और बेटा एक। लड़का जैसे ही कमाने लायक हुआ, उसने हमारी तरफ से

मुंह मोड़ लिया। दूसरे शहर में जाकर बस गया, मुंह-मुलाहज़े से भी गया। बाकी लड़कियां थीं, लड़कियों ने क्या हाथ बंटाना था, उलटे मुझे ही उनके हथेली पर मेहंदी रचानी थी। मुश्किल से उनके ब्बाह हुए। वे भी अगर अपने घर सुखी रहती तो मेरा भार उतर जाता; पर आए दिन उनकी छाती पर मूंग दली जाती है। कभी कोई ताना, कभी कोई उलाहना। पीछा भारी न हो तो आगा भी नहीं सहारा देता।

—जहां छाती पर ताने मूंग की तरह दले जाएं···

—दो-दो, चार-चार बच्चों की माएं हो गई हैं, पर आए दिन रूअड़ से अपनी कूटी गई हड्डियों को सेंकती हैं। छोटी ने तो अब ज़िद पकड़ ली है कि मैं अपनी रोटी आप कमाकर खा लूंगी, पर मार नहीं खाऊंगी। दो रोटियों की ही तो मुहताजी है न। इतनी तो मांगकर खाने वाले की भी बुरी हालत नहीं होती, जितनी घर की औरत की होती है। यह छोटी से बड़ी मुझसे पहले ही कहा करती थी कि मां! तुम मेरा ब्याह मत करो। जितने पैसे तुम मेरे ब्याह पर खर्च करोगी, उतने पैसे खर्च करके मुझे पढ़ा दो। मैं आप कमाऊंगी, आप खाऊंगी। बड़ी बहनों का हाल देखती थी। मैं ही नहीं मानी कि बिरादरी वाले क्या कहेंगे, पर ये बिरादरियां भी झूठी हैं और बिरादरियों के हौवे भी झूठे हैं। हाथ से काम करने जैसी बात कोई है ही नहीं। मेरे पेट में चार अक्षर होते, मैं भी कमा खाती। पर अब भी चाहे लोगों के बर्तन मांजती हूं, किसी का धौल-धप्पा तो नहीं खाती। बेटियों को पढ़ा देती तो वे भी कमा खातीं। वह रोटी भी क्या खानी, जिसके साथ मार खानी पड़े! वे चाय का घुट एक पीती हैं तो आंसू सौ पीती हैं।

कुछ विचार, कुछ स्वप्न

—गौरी बहनजी! आपने इस सदी के शुरू में इतनी पढ़ाई की थी जितनी उस समय बहुत ही कम औरतें लेती थीं। जानना चाहती हूं कि आप जैसी पढ़ी-लिखी और सयानी औरत के लिए यह समाज कितना मेहरबान रहा?

—मुश्किल यह है कि सयानापन कुछ विचार करने के लिए मजबूर करता है, विचार सपने बनाने के लिए मजबूर कर देते हैं; और जिस औरत की आंखों में सपने भर जाते हैं, वह अपने आस-पास की आंखों में चुभने लगती है; सो, मैं समाज की 'मेहरबान' आंखों में सदा चुभती रही हूं।

—आपने अपने साथी का चुनाव स्वयं किया था या आपके माता-पिता ने?

—मैं आप चुनती, और मेरा चुनाव गलत भी निकल आता, तो एक अरमान तो पूरा हो जाता, पर चुनाव माता-पिता ने किया था। और माता-पिता के चुनाव का मापदंड लड़के की अच्छी तनखाह होती है, और कुछ नहीं।

—इस 'अच्छी तनखाह' के साथ ज़िन्दगी कैसी लगी?

—घर भरा हुआ और ज़िन्दगी खाली।

—खाली ज़िन्दगी का मूल्य देकर जो भरा हुआ घर खरीदा, उस घर की रातें कैसी रहीं और दिन कैसे रहे?

—दिन में मैं कामों को निबटाने में लगे रहकर सपनों को बहलाती रही, और रात को उन्हें ज़बर्दस्ती सुलाती रही। जागती रहती थी, पर सोचती रहती थी, सपने सो जाएं।

—सपनों को आखिर कितनी देर के लिए सुलाया जा सकता है! वे जागते होंगे, बिलखकर कुछ मांगते होंगे।

—उनके मुंह में डालने के लिग मैं दाना-भर अन्न कहां ढूंढ़ती! औरत से किसी भी मर्द का परिचय किसी रिश्ते का मुहताज होता है। वह उसका ज़रूर कुछ लगना चाहिए, एक मुहर की तरह, एक ठप्पे की तरह।

—मानसिक दोस्ती जैसे एक वह लिफाफा हो, जो समाज के डाकघर में नहीं डाला जा सकता, क्योंकि उसपर किसी रिश्ते का टिकट नहीं लगा रहता।

—मैं बैरंग चिट्ठी कहां पहुंचती! किसको स्वीकार होती! आप ही लिखी, आप ही पढ़ डाली। पति की नौकरी ऐसी थी कि बदली होती रहती की। छोटी जगहों में भी रही, छोटे-छोटे कस्बों में भी, पहाड़ी गांवों में भी। वहां मैं अड़ोस-पड़ोस के बच्चों को इकट्ठा कर लेती थी और पढ़ाती थी। सोचती थी, मैं तो व्यर्थ हो गई हूं, मेरी पढ़ाई व्यर्थ न जाए। गांवों की औरतों को भी चार अक्षर सिखाती थी। फिर अखिल भारतीय महिला-सम्मेलन में जाकर हिन्दू कोड बिल के लिए काम करती रही। जो अधिकार कोई स्वयं न ले सके, उसकी पीड़ा वही जानता है। कई बार वह इस बात से तसल्ली ढूंढ़ता है कि शायद उसकी अगली पीढ़ी को यह अधिकार मिल जाएगा। अपनी ज़िन्दगी को मैंने

खाद समझ लिया था। सोचती थी, फूल का मुंह नहीं देखा न सही, धरती को ही कुछ उपजाऊ कर जाऊं।

—भला कितनी औरतें इस तरह सोचती होंगी?

—यह एक बड़ी उदासी की बात है कि औरतों का विरोध बहुत करके औरतों की ओर से होता है। हिन्दू कोड बिल पास करवाने के लिए हम जो औरतें काम कर रही थीं, उन्हें जो विरोध औरतों से मिला, उसका कोई अनुमान नहीं लगाया जा सकता। काले झंडों से हमारा स्वागत किया जाता था। कहा जाता था कि हम आप अपने पतियों को छोड़ना चाहती हैं, इसलिए दूसरी रसी-बसी औरतों से भी उनके पतियों को जुड़वाना चाहती हैं। यह तो हिन्दू कोड बिल की बात है। जब हमने जायदाद में औरतों के समान अधिकारों के लिए आवाज़ उठाई तो उसका विरोध भी औरतों ने बहुत किया। कहती थीं कि भाइयों और बहनों का जो प्यार सदियों से चला आ रहा है, उसमें हिस्से बंट जाएंगे।

—हाथ फैलाकर मांगने को जब मान समझ लिया जाए तो अधिकार समझकर लेने को हिस्सा बांटना कहा जाएगा।

—यह भी समझती थी, इसलिए गहने-कपड़ों से परची हुई औरतों के ताने-तिश्ने माफ कर देती थी। सिर्फ उनके बारे में ही सोचती थी, जिनकी सांसें पिंजरे में घुट रही थी और जिनके माथों पर पिंजरों से टक्कर मारने के निशान पड़े हुए थे।

—आपके मन के मरहम को न जाने कितनी औरतों ने अपनी दुखती रगों पर लगाया होगा, असर गहरा हुआ होगा, पर वह देखा नहीं जा सकता। इसका प्रत्यक्ष प्रभाव आपके बच्चों पर होगा।

—मैं इस बात से बहुत खुश हूं कि मेरी निराशा-भरी

ज़िन्दगी के मुकाबले में उनकी ज़िन्दगी बड़ी आशाओं से भरी हुई मालूम होती है। मैं अपनी ज़िन्दगी को सिर्फ निराशा-भरी नहीं कहती, कायर भी कहती हूं। पर इसका असर मेरे बच्चों पर यह हुआ है कि उनका साहस हमारे समाज के साधारण बच्चों के मुकाबले में बहुत अधिक है। मेरे लड़के की अच्छी सरकारी नौकरी लगी हुई थी, उसका पिता भी खुश था और रिश्ते-नाते वाले भी खुश थे, पर उसका कहना था कि नौकरी में रचनात्मक काम के लिए कोई अवसर नहीं होता। बंधी हुई तनखाह का हौसला ज़रूर है, पर यह तनखाह मुझे पेंशन जैसी लगती है, जिसके साथ मुझे लगता है कि मैं उठती जवानी में बूढ़ा हो गया हूं। मैं अपने हाथ से काम करना चाहता हूं। वह नौकरी छोड़कर और मुझसे समुद्र के सफर का किराया लेकर परदेस चला गया। वहां वह दिहाड़ी पर मज़दूर होकर मिलों में काम करता रहा, साथ-साथ पढ़ता रहा। इस समय वह बहुत बड़ा इन्जीनियर है। मेरी लड़की ने भी बहुत ऊंची पढ़ाई की है। अपनी मर्ज़ी से अपना साथी चुना है। उसका साथी हमारे देश का नहीं है। सब दूर-पास के सबंधी उसे समझाने का कर्तव्य निभाते रहे, पर हंसते हुए, मुसकराते हुए उस लड़की ने अपने मन की कर ही ली। उसका विवाह बहुत ही सफल है। आपने समाज की 'मेहरबानियों' की बात पूछी थी, ये 'मेहरबानियां' कई थीं, कई तरह की थीं—जान गई थी, मन की पीड़ा को कोई नहीं पहचानेगा, इसलिए मन कभी किसीसे खोला ही नहीं। ज़बर्दस्ती किसीकी दहलीज़ लांघने वाले को 'ट्रैस्पासर' समझा जाता है, पर ज़बर्दस्ती किसी के मन में झांकने वाले से कानून कुछ नहीं कहता। एक रिश्तेदार ने बड़ी कमीनी हरकत की। मुझसे दिलासे से कहा कि 'तेरी तबी-

यत अच्छी नहीं मालूम होती, एक ज्योतिषी मेरा बहुत परिचित है, सयाना भी बहुत है, उसे हाथ दिखा।' मेरी अल्हड़ उम्र थी, मन भी भरा हुआ था। सोचती थी, हकीम और ज्योतिषी इल्म वाले होते हैं, इनसे न तन का मरज़ छिपाना चाहिए, न मन का। वह जो कुछ पूछता रहा, मैं बताती रही। उसने मेरी दुखती रग टटोल ली थी, मन देख लिया था। पर वह किसीका भेजा हुआ आया था, इसलिए उसने मेरे मन की बात कुछ पैसे लेकर उसके हाथ बेच दी, जिसने उसे भेजा था। फिर खुद ही अन्दाज़ा लगा लो कि एक रिश्तेदार को जो कुछ पता चला तो वह सबको पता चल गया। 'पता' उतना नहीं रहता, जितना असल में होता है, उसके साथ सब ही कुछ न कुछ अपनी तरफ से लथेड़ देते हैं। बात कुछ की कुछ बन गई।

—हां, गौरी बहनजी! कच्चे रास्तों पर से उड़कर इतनी धूल किसीके काड़ों पर नहीं पड़ती, जितने इलज़ाम उड़कर औरत की ज़िन्दगी पर आ पड़ते हैं।

—पर मुश्किल यह है, धूल तो पानी से धोई जा सकती है, इलज़ाम किसी पानी से नहीं धोए जा सकते।

आत्मघात या आत्मरक्षा ?

—रानी बहन! अगर दखल-अंदाज़ी न समझी जाए तो पूछ सकती हूं कि ज़िन्दगी को आपने किस तरह देखना चाहा था और यह आपको कैसी दिखाई दी?

—पूछने वाले तो बहुत मिल जाते हैं, लेकिन समझने वाला कोई नहीं मिलता। अगर कोई समझने वाला मिल जाए तो बातें करना अपनी भी आवश्यकता बन जाती है। मैं उन औरतों में से हूं, जिन्होंने ज़िन्दगी का वह मोड़ देखा है, जहां खड़े होकर उन्हें फैसला करना पड़ता है कि वे आत्मघात का रास्ता पकड़ेंगी या आत्मरक्षा का।

—यह मोड़ आपकी ज़िन्दगी में आपके ब्याह के कितने समय बाद आया?

—बड़ी जल्दी आ गया था, पर मैंने उसे एकदम नहीं पहचाना था। बहुत समय तक उसे टालती रही।···सोलह बरस की थी, एफ॰ ए॰ में पढ़ती थी, ब्याह हो गया। बहुत जल्दी मैं जान गई कि मेरे पति ने अपनी फौज की नौकरी के समय बहुत ज्यादा शराब पीकर और बहुत ही अनियमित 'सेक्स-लाइफ' बिताकर 'अलसर' की बीमारी इस बुरी तरह लगा ली थी कि उन्हें रोज़ चौबीस ग्रेन

मॉर्फिया लेना पड़ता था। मैं बहुत घबराई, लेकिन मैंने अपनी मां को कुछ नहीं बताया, क्योंकि मेरे पिता ने उसे छोड़कर एक ईसाई औरत से ब्याह कर लिया था, इसलिए वह पहले ही इतनी परेशान थी कि मैं उसे कुछ बता नहीं सकती थी। चुपचाप जायदाद को भी फूंकने लगी और अपने-आपको भी। मॉर्फिया की एक ट्यूब पांच रुपये में आती थी। एक ट्यूब में चार ग्रेन मॉर्फिया होता है। चौबीस ग्रेन के लिए रोज़ छः ट्यूबें खरीदनी पड़ती थीं। तीस रुपये रोज़ का मॉर्फिया। साथ में विलायती शराब और अमरीकन सिगरेट। मुझे याद है, जब मेरे घर लड़की का जन्म हुआ था, मेरे पास अस्पताल से घर आने के लिए टैक्सी के भी पैसे नहीं थे। मेरी शकल अच्छी थी, आवाज़ भी अच्छी थी। मेरे पति की इच्छा थी कि मैं फिल्मों में काम करना शुरू कर दूं, ताकि पैसों की आसानी हो जाए। मेरी उस काम में बिलकुल रुचि नहीं थी। यह वह समय था, जब मैंने उस मोड़ की वास्तविकता को पहचाना, जहां खड़े होकर मैं सोच रही थी कि मैं मर जाऊं या जीवित रहं। गोद में पड़ी हुई बच्ची ने मुझसे जीवित रहने का फैसला करवाया। मैंने अपने पति के दोस्त से कहा कि वह मुझे कोई नौकरी ढूंढ़ दे। वह 'एडवरटाइज़िंग' में था। उसने मुझे कोई दो घण्टे तक बड़ा लम्बा लेक्चर दिया कि इस काम में इतने और इतनी तरह के लोगों से वास्ता पड़ता है कि एक औरत के लिए अपनी ज़िन्दगी को अपने हाथ में संभालकर रख सकना बड़ा मुश्किल है। मैं काम करने पर तुली हुई थी। उसने मुझे बहुत समझाया, पर साथ ही यह भी कहा कि अगर मैं सचमुच काम करना ही चाहती हूं तो इसके बुनियादी भेद को समझ लूं कि चाहे कुछ दिन मुझे कितनी ही कठिनाई का सामना करना पड़े, मैं ज़िन्दगी के आसान रास्ते पर चलने के भुलावे

में न आ जाऊं, अपना वास्ता सिर्फ काम से रखूं। उसने मुझे दो सौ रुपये महीने की नौकरी दिलवा दी।

—आपका क्या खयाल है, रानी बहन, कि जो लड़कियां ज़िन्दगी के इस आसान रास्ते के भुलावे में आ जाती हैं, यह उनका अपना दोष होता है या यह कारोबारी जीवन की मजबूरी होती है?

—दोनों बातें सच हैं। दूसरी ज़्यादा सच है। कारोबारी जीवन ने जहां औरत को आर्थिक स्वतन्त्रता दी है, वहां चलन की मजबूरी भी बहुत दी है। घर पर बच्चे भूखे हों, या बूढ़े मां-बाप मुहताज हों तो नौकरी पाने के लिए या उसे बनाए रखने के लिए अनेक बार औरत को वह मूल्य देना पड़ता है जो वह कभी न देती, अगर उसके सामने आर्थिक स्वतंत्रता का कोई और रास्ता होता; पर कुछ लड़कियां वे भी हैं, जो किसी कमज़ोरी के क्षण में एक बार ऐसे आसान साधन को स्वीकार कर लेती हैं तो पीछे लौटना उनके लिए कठिन हो जाता है। पर यह साधन जो शुरू में आसान लगता है, वास्तव में आसान नहीं होता। इसका समय बहुत थोड़ा होता है। पर इसकी थोड़े समय की चमक इतनी होती है कि कई बार आंखें चौंधिया जाती हैं। मुझे याद है कि जब बम्बई में नौकरी कर रही थी, तब एक औरत से मेरी एक शर्त लगी। उसने मुझसे कहा कि मैं इस परहेजी ज़िन्दगी से इस कारोबारी दुनिया में बहुत दिन नहीं काट सकूंगी, और मैंने उससे कहा कि वह इस बदपरहेज़ी की ज़िन्दगी से बहुत दिन सफल नहीं रह सकेगी।

—आपने यह 'बदपरहेज़ी' शब्द बहुत सुन्दर प्रयोग किया है, बहुत नये ढंग से।

—काम से मतलब रखने के सिवा अगर कुछ भी करना पड़े

तो वह 'बदपरहेज़ी' ही हुई न। मैं शर्त जीत गई। पूरे चार बरस भी नहीं बीते थे कि मैंने देखा, वह औरत बड़ी ही निराश हो गई थी और काम-काज की ज़िन्दगी को बिलकूल छोड़ बैठी थी।

—जिनके पास आप काम लेने जाती हैं, वे आपके परहेज़ को आज़माने के लिए आपको चक्कर कटवाते होंगे, काम का लालच भी देते होंगे, और काम को टालते भी होंगे?

—शुरू-शुरू में बड़ी कठिनाई सामने आई थी। अब भी कई दफा ऐसे 'क्लाएंट' मिल जाते हैं। पर धीरे-धीरे यह हो गया है कि मुझे अच्छी तरह टालने का ढंग आ गया है, और उन्हें समझने की आदत भी हो गई है। मैं अपने काम में इसीलिए इतनी परिपक्व हो गई थी कि जिस भी अखबार के लिए मैं काम करती थी, मेरी तनखाह के साथ-साथ काम में मेरा कमीशन भी रखा जाता था। अब तो खैर, मैं एक फर्म में एक बंधी हुई तनखाह पर काम कर रही हूं, एक हजार रुपये महीना लेती हूं; पर यह उस समय की बात है, जब तनखाह कम होती थी।

—आपके पति···

—जब तक मैंने तलाक नहीं ली थी, चाहे कितना ही कमाती थी, बनता कुछ नहीं था। वही तीस रुपये रोज़ का मॉर्फिया खरीदना पड़ता था, साथ में पांच रुपये रोज की सिगरेट···फिर यह हाल होता था कि जिस दिन मेरे पास पैसे न हों और मैं ये चीज़ें न खरीद सकूं तो घर पहुंचने पर मुझे इतनी मार खानी पड़ती थी कि अगले दिन हाथ-पैरों पर पट्टी बांधकर मुझे काम पर जाना पड़ता था। मुझे याद है, मेरी बच्ची इस मार से इतनी सहमी रहती थी कि शाम को पांच बजे घड़ी देखकर वह अपने बाप से कहा करती थी, "अब मामा के आने का समय हो गया है। डैडी, आज आप

मामा को मारेंगे तो नहीं?"

—रानी!···

—सब कुछ झेल चुकी हूं, नेकनामी भी और बदनामी भी। न मेरे पति ने मेरा साथ दिया, न उसके बाद उसने, जिससे मैंने अपने अकेलेपन से घबराकर मुहब्बत की—न मन का साथ, न ज़िन्दगी की हिफाज़त का साथ। पर मुझे अब अपना गम नहीं, मुझे अपनी बच्ची का गम है। अगर कहीं उसकी बेदाग ज़िन्दगी को हमारा समाज सब परछाइयों से स्वतन्त्र होकर देख सके···

खाइयों में उतरते दिल

"मुझे सांस की बीमारी है बहनजी! कभी भी आराम से सांस नहीं आती। बस, यही समझ लो कि जब सरदारजी की चिट्ठी आती है, तब मेरी सांस खुलती है।"

"जब से मेरा ब्याह हुआ है, आज तक मैंने दीवाली नहीं मनाई। मेरी मीना का जन्म हुआ तो इसका पिता गोआ की लड़ाई पर गया हुआ था, दूसरी मधु जब हुई तो वह चीन की लड़ाई पर गया हुआ था। अब यह तीसरा श्याम हुआ है तो वह पाकिस्तान की लड़ाई पर गया हुआ है।"

"आपके नाम की भी बनी हुई है बहनजी! चाय पी लीजिए। यही कहिए कि मेरे सरदारजी के नाम की भी हो और वह खैर-खैराफियत से घर लौट आएं। पिछले खत में लिखा था कि हम खाइयों में रातें गुज़ारते हैं। फिर उसके बाद कोई खत नहीं आया। दिन के समय तो मन को किसी तरह बहला लेती हूं, पर जैसे ही रात होती है, मेरा दिल खाइयों में उतर जाता है।"

"मेरे पिता मिलिटरी में थे। मेरी मां सारी उम्र उनके खतों का इन्तज़ार करती रही। वह मर गए तो मेरी मां ने घबराकर मेरा पन्द्रह बरस की का ब्याह कर दिया और अपनी जगह मुझे

खत का इन्तज़ार करने पर लगा दिया।"

"अरे मेरी बेटी! बेटा आंखों से ओझल हो तो कुछ नहीं सूझता। हमारी इस गली में चाहे दुनिया का कोई आदमी न फटके, हम मरियों की हालत पूछने भी न आए; बस, एक डाकिया आता रहे और हमारे बेटों की सुख की खबर लाता रहे···सबके बेटों की सुख की खबर लाता रहे···"

"तवे पर रोटी डालती हूं, ध्यान डाकिये के पैरों की तरफ होता है। कितनी ही बार उंगलियों के पोरुए जला लिए हैं। लड़की स्कूल से आती है। बस्ता बाद में रखती है, पहले पूछती है, 'पापा जी की चिट्ठी आई है या नहीं'। एक चिट्ठी आ जाती है तो दूसरी के इन्तज़ार में बैठ जाते हैं···"

"हम तो ईश्वर से आधी उम्र लिखाकर लाए हैं बहनजी! बाकी आधी तो ठंडी सांसों के लिए होती है···"

"औरत की ज़िन्दगी घर से होती है बहनजी! पर हमारा घर तो हर समय उठाऊ चूल्हा होता है। पीहर की तरफ न सरा तो ससुराल में जा पड़े, ससुराल में न सरा तो पीहर चले गए···"

"मर्द के बिना औरत खोई हुई बछिया की तरह होती है, कभी पीहर वालों के खूंटे से बंध गई, कभी ससुराल वालों के···"

"और बहन! वे भी तो होती हैं, जिनका कहीं पीछा नहीं होता। और कई मेरे जैसी होती हैं, जिनका सब कुछ होता है, पर फिर भी हालत पूछने वाला कोई नहीं—न मरे की खबर, न जीते की। मेरे माता-पिता भी पूर्वी बंगाल में हैं, और मेरे ससुराल वाले भी। चार महीने हो गए हैं, पर निगोड़ी सीमाओं ने मुंह देखने को भी तरसा दिया है···"

"अच्छा, यही मांगो कि सब अच्छे रहें। किसी दिन तो वह

कम्बख्त सीमाएं...”

“अरी! कल मैंने जो दुपट्टा सिर पर ओढ़ा हुआ था, किनारे पर से फटा हुआ था। मेरी छोटी लड़की अभी मुश्किल से बातें करने लायक हुई है, पल्ले को पकड़कर कहने लगी, ‘मां! तुम रोओ मत, पिताजी तुम्हारे लिए कश्मीर से नई चुनरी ले आएंगे।’ हमारे तो यही फटे हुए पल्ले सिल जाएंगे, अगर कहीं हमारे मर्द हंमते-खेलते हमें फिर आंखों से दिखाई दे जाएं।”

“वैसे तो हमें धीरज है कि हमारे मर्द देश की रक्षा के लिए लड़ रहे हैं, पर बहनजी! ठंडे जी से सोचो—देश तो एक ही था न! बुरा हो उन दुष्टों का, जिन्होंने दरारें डाल दीं, सेह का कांटा गाड़ दिया आंगन में···”

“अरी! मेरे पेट से तो अभी लायलपुर वाली कराहें भी नहीं निकली थीं.. और यह नई मेरे पेट में पड़ गई। कितनी बार बसें और कितनी बार उजड़ें? जिस दिन हमें हुकुम मिला कि हम घरों पर ताले लगाकर यहां से चले जाएं···ईचोगिल नहर हमारे यहां से पास पड़ता थी···मुझसे तो घर पर ताला भी नहीं लगाया गया···औरतें न जाने कैसे अपने पोरुवे घायल करके घर बनाती हैं, लीर-लीर जोड़ती हैं···”

“मेरी बड़ी बहू के सात बजे लड़की हुई, और आठ बजे मैंने उसे साइकल के पीछे बिठाकर घर से रवाना कर दिया। आखिर तो मैं सास थी। ज़रा सोचो तो, किस दिल से मैंने लड़की को खाट से उठाकर बाहर हवा में फेंक दिया! अभी तो उसकी नाड़ भी वहीं पड़ी हुई थी। खुद उसके पीछे-पीछे पैर घसीटती हुई चल पड़ी। चौदह मील का रास्ता हमारे लिए तो चौदह बरस जितना हो गया। रास्ते में बहू को गश पड़ते जाएं···सीता माता को तो

एक बार बनवास मिला था बहनजी! हमें आए दिन वनवास मिलता है···"

"हमारे मर्द हमारी आंखों सामने आ जाएं तो हम बस गई, आंखों के आगे से चले जाएं तो हम उजड़ गईं···"

"ईश्वर शान्ति बख्शे दुनिया में···यह पाकिस्तान क्या बना, लोगों का खून सफेद हो गया है। अच्छे-भले भाइयों जैसे भाई थे, कम्बखत बैरी बनकर बैठ गए। भला कोई पूछे उनसे, तुम्हारी माएं तुम्हें नहीं रो रही होंगी···?"

"माएं तो सबकी एक जैसी होती हैं बहन! कल मेरा बड़ा लड़का मुझे फिल्म दिखाने के लिए ले गया। कोई रूसी फिल्म थी। जिस सड़क पर चलकर बेटा जंग पर जाता है, मां की आंखें उसी सड़क पर लगी रहती हैं···मुझे तो बहनजी! सच मानना, यही लगता रहा कि उस सड़क पर मैं खड़ी हुई थी···"

एक और मुलाकात

—शीला दीदी! आप भारतीय स्त्री-सभा में पांच साल से काम कर रही हैं। आपने आम ज़िन्दगी में औरत की हालत और जगह कैसी पाई है?

—ऐसा लगता है कि औरत के पांवों के नीचे पक्की ज़मीन है ही नहीं। उसके सिर पर बहुत-से बोझ पड़े हुए हैं—परम्परा के, प्रथा के, आर्थिक गुलामी के, और उसके अपने संकुचित और निम्न दृष्टिकोण के भी। उसके पांव इस बोझ से धरती में धंसते जा रहे हैं। वह जैसे जीती-जागती एक कब्र में पड़ जाती है। पर मुश्किल की बात यह है, न वह खुद इस कब्र से निकल सकती है, न कोई उसका हाथ पकड़कर उसे निकाल सकता है। निकालकर उसे कहां ले जाए? उसके पांवों के लिए पक्की ज़मीन कहीं भी नहीं है।

—ज़मीन को कुछ पक्का करने के लिए आप क्या सोचती हैं?

—सबसे पहली बात, मैं सोचती हूं कि उसे आर्थिक स्वतन्त्रता लेनी चाहिए। इतने बरसों के अनुभव में मैंने देखा है कि खुद कमाने वाली औरत का, चाहे वह किसी दफ्तर में काम करती हो या चाहे मज़दूर हो, दृष्टिकोण और होता है। सिर्फ उसकी हड्डियों

में ही नहीं, उसके विचारों में एक शक्ति आ जाती है। नहीं तो बाकी और साधारण घरों की औरतें कभी कन्याओं को पूजकर अपनी ज़िन्दगी का हल ढुंढ़ती हैं, कभी व्रत रखकर, कभी कोई कथा कहलवाकर, कभी हाथ-पांवों पर डोरे बांधकर··डोरे, रस्सियां और सांकलें क्या पहले ही कम बंधी हुई हैं उनके हाथ-पांवों में?···टोनों, मंत्रों से गुलामियां नहीं टूटतीं। पर सबसे अधिक दुःख की बात यह है कि आंखें खोलने की जगह वे आंखें मींचकर इसका हल ढूंढ़ती हैं। शायद सोचने से घबराकर उन्होंने सोचना छोड़ दिया है और शायद वास्तविकता से घबराकर उन्होंने आंखें खोलकर देखने की बजाय उन्हें मूंद लिया है।

—मध्यवर्ग, निम्नमध्यवर्ग और उच्चवर्ग की औरतों के दृष्टिकोण में आपने क्या अन्तर पाया है?

—मध्यवर्ग और निम्नमध्यवर्ग की औरतें वहमों और भ्रमों में ज़िंदगी का हल ढूंढ़ती हैं, और उच्चवर्ग की बनावट के भुलावे में।

—दहेज की समस्या भी आपने बहुत जगहों पर देखी होगी?

—बहुत जगहों पर। एक लड़की कमला की बात मुझे जब भी याद आ जाती है, मैं कांप जाती हूं। उसका पिता एक साधारण स्कूल मास्टर था। उसने कमला को मैट्रिक तक पढ़ाया, सिलाई का डिप्लोमा दिलाया, ब्याह किया, पर वह इतना दहेज नहीं दे सका, जितना कमला के ससुरालियों ने मांगा था। वे आए दिन कमला से अपने बाप से रुपया लाने के लिए कहते थे, उससे नाराज़ रहते थे, उसे कभी-कभी मार-पीट भी देते थे। उसके घर जब लड़की का जन्म हुआ तो वे और भी नाराज़ हो गए। रोज़ उसकी सास उससे 'छूछक' लाने के लिए कहती थी। एक दिन उसे

मारकर घर से निकाल दिया। रात को बेलन से मारा। जान तो उसकी पहले ही निकली हुई थी, यूं ही कहीं हड्डियों में अड़ी हुई थी, किसी बेलन से वह भी निकल गई। मरी हुई कमला को ससुराल वालों ने छत पर से इस तरह नीचे फेंका, जैसे वह अचानक छत से गिरने से मर गई हो। पर उसके शरीर पर बेलन के निशान थे। पुलिस ने देख लिए। यह शायद दो मार्च की बात थी। आठ मार्च को हम औरतें 'अन्तर्राष्ट्रीय महिला दिवस' मना रही थीं। हमें पता लगा कि कमला को तो मौत की मिट्टी के नीचे दबाया ही गया था, अब उसकी मौत के कारण को भी रुपयों के नीचे दबाया जा रहा है। हम सबका खून खौल गया। हम कोई पांच हज़ार औरतें थीं। हम जुलूस की शकल में लुधियाने की एक-एक गली से गुज़री और पुलिस का दरवाज़ा खटखटाया। एस॰ पी॰ ने हमें इन्साफ का विश्वास दिलाया। केस चला, कातिलों को सजा भी हुई, पर···

—मरने वाली को कोई वापस नहीं ला सकता था···

—न कोई मरने वाली को वापस ला सकता था, न कोई उसका कुछ कर सकता था, जिसके कलेजे का वह टुकड़ा थी। कचहरी में गवाही देते हुए जब कमला के पिता ने पानी मांगा, पानी की एक घंट भी उसके गले के नीचे न उतरी, वह कचहरी में ही मर गया। उस पिता की बातें मुझे नहीं भूलतीं। बातें नहीं थीं, विलाप थे। मरने से पहले उसे जब यह पता चला कि हम स्त्री-सभा की औरतें कमला की मौत का समाज से इन्साफ मांग रही हैं तो वह अवेर-सवेर हमारी सभा के दफ्तर आ जाता था, कमला की बात नहीं करता था, कहता कि कोई भी ब्याहता लड़की जब अचानक मर जाती है, आप यह कानून पास करवा दीजिए कि

उसकी लाश को चौबीस घंटे तक जलाया नहीं जाना चाहिए, यह देखना चाहिए कि वह क्यों मर गई।

—दुःख से पागल पिता सोचता था कि जैसे हर लड़की मरती नहीं, मारी जाती है···

—एक विमला थी। उसे भूखा रख-रखकर तड़पाया जाता था। उसे भी बहुत दहेज नहीं मिला था। उसका घरवाला सोचता था कि यह मर जाए तो वह और ब्याह कर सके। कभी-कभी उसे सीढ़ियों से धक्का भी दे दिया करता था। उसके अड़ोसियों-पड़ोसियों ने हमें आकर बताया। हम कई औरतें मिलकर उसके घर गईं, पर उसकी सास ने उसे कहीं छिपा दिया। हम कई बार गईं। एक बार उसकी सास ने उसे हमें दिखा भी दिया, पर उसे अच्छे-अच्छे कपड़े पहनाकर बिठा दिया था; और हमें पता चला कि बिठाने से पहले उसे यह धमकी दी थी कि अगर वह किसीके खिलाफ कुछ बताएगी तो रात को वे उसे मार डालेंगे। उसने हमें उस समय कुछ नहीं बताया, लेकिन आखिर में अस्पताल में जाकर उसने असल बात बताई। एक दिन मरती-गिरती अपने-आप ही अस्पताल चली गई थी। इस ज़ुल्म के खिलाफ आखिर में मुकदमा चला। उसके घरवाले को सज़ा हो गई। पर यह एक विमला की बात है, न जाने कितनी विमला हैं, जो ज़ुल्म सहती हैं और मुंह से कुछ नहीं कहतीं···

—एक हरदेई हुआ करती थी, वह जलकर मर गई थी। मरते समय उसने बयान दिया था, और उसके पांच बरस के पुत्र ने भी बताया था कि उसके पिता ने उसकी मां के कपड़ों पर मिट्टी का तेल डाला था और उसकी दादी ने आग लगाई थी। पर ये सब केस वे हैं, जो बाहर से भी दिखाई देते हैं, दूर से भी दिखाई

देते हैं; लेकिन वे केस न जाने कितने होंगे, जिनके शरीर पर मिट्टी का वह तेल छिड़का जाता है जिसकी किसीको बू नहीं क्षाती, और उसके शरीर को वह आग लगाई जाती है, जिसकी लपटें किसीको दिखाई नहीं देतीं।

और एक मुलाकात

—विमलाजी! आपने कुछ बरस स्टूडेण्ट्स फैडरेशन में काम किया है, फिर ऑल इंडिया वीमेन्स कॉन्फ्रेन्स में भी काम करती रही हैं; 1949 से आप औरतों की एक मज़बूत संस्था बनाने की कोशिश करती रहीं; 1953 में आपने नेशनल फैडरेशन ऑफ इण्डियन वीमेन स्थापित की, इसमें काम करते हुए भी आपको बारह बरस हो गए हैं,—समाज में औरत का स्थान आपने कैसा देखा है?

—मैंने लगभग सारे यूरोप में घूमकर देखा है, कह सकती हूं कि औरत की जैसी करुण दशा मैंने अपने देश में देखी है, वैसी और कहीं नहीं देखी। अफ्रीका हालांकि आर्थिक और औद्योगिक तौर से बहुत पिछड़ा हुआ देश है, पर वहां की औरत में भी हमारे देश की औरत से कहीं अधिक आत्मविश्वास है। हमारी औरत में सदियों की मानसिक गुलामी से एक संकोच उत्पन्न हो गया है। यह मानसिक संकोच शारीरिक गुलामी से भी अधिक बुरा होता है। बाहर की सांकलें तोड़ना भी कठिन होता है, पर भीतरी सांकलों की जकड़ का तो कोई अनुमान नहीं लगाया जा सकता। इसका सबसे अधिक उदास पहलू यह है कि गालियों को सुनना,

मार को सहन करना, और निरपराध होते हुए भी अपराध को स्वीकार कर लेना औरत के स्वभाव में धार्मिक विश्वास की सीमा तक धुल-मिल गया है। मेरे अपने मुहल्ले की बात है। एक औरत के तीन लड़कियां हैं, बेटा नहीं है। उसका पति उसे खर्च नहीं देता। खर्च की जगह उसे वंश न बढ़ाने का ताना देता है। धीरे-धीरे इस ताने का असर उसके खून में इतना रच गया है कि वह अपने-आपको हीन समझने लगी है। हां, मैं कह रही थी कि मानसिक गुलामी, सामाजिक सिद्धान्तों और धार्मिक विश्वासों की सीमा तक, औरतों की ज़िन्दगी का हिस्सा बन चुकी है। मध्यप्रदेश में औरतों का मार खाना उनके दैनिक जीवन में शामिल है। मुझे याद है, हमने अपनी पार्टी के एक मेम्बर को समझाया कि वह इस मार को अपनी सभ्यता में शामिल न करे। हम यह नहीं चाहते थे कि हमारी कम्यूनिस्ट पार्टी का कोई मेम्बर अपनी पत्नी पर हाथ उठाए। वह मान गया। एक बार मुझे उसकी पत्नी मिली। मैंने उसने हाल-चाल पूछा तो कहने लगी कि और तो सब ठीक हैं, लेकिन मेरा पति मुझे प्यार नहीं करता। मैं हैरान हुई तो उसने मुझे बताया कि पहले तो फिर भी कभी-कभार मुझे धौल-धप्पे मार लेता था, पर अब कितने ही समय से वह इतना बे-लगाव हो गया है कि उसने मेरे एक भी चपत नहीं मारा।

—विमलाजी! वैसे तो हर शहर और हर इलाके में उसकी अपनी आर्थिक और शैक्षणिक दशा के अनुसार औरत का घर और समाज में स्थान होता है, पर किसी एक प्रान्त में आपने यह दशा बहुत खराब भी देखी है?

—जहां तक घर और समाज में औरत के निम्म स्थान का प्रश्न है, वह तो लगभग सब प्रान्तों में एक जैसा है, पर इसका रूप

और इसकी प्रतिक्रिया कई स्थानों पर भिन्न-भिन्न है। जैसे, सौराष्ट्र में औरतों के आत्मघात की घटनाएं सब प्रान्तों से अधिक होती हैं। वहां की सुधार-संस्थाओं के लिए इस हालत को संभालना बड़ा कठिन हो गया है। अब हमने मांग की है कि आत्मघात की घटना की जो पृष्ठभूमि होती है, उसे आत्मघात का असल दोषी मानना चाहिए, आत्मघात करने वाले को नहीं। बंगाल में कुंआरी लड़कियों के सामने अभी तक दहेज का बहुत बड़ा सवाल है और विधवा औरतों के सामने अकेले अभावग्रस्त ज़िन्दगी काटने का सवाल है। और जहां तक मेरे देखने में आया है, औरतों के कतल के केस सबसे ज्यादा पंजाब में होते हैं। छोटे-छोटे झगड़ों के कारण बहुओं को सीढ़ियों पर धक्का देकर मार देना वहां बहुत जगह देखा गया है। बच्चों को छीन लेना और माओं को घर से निकाल देना पंजाब में आम होता है। बच्चे छिन जाने पर औरत आधी पागल तो वैसे ही हो जाती है, उसे पागल कहकर ज़िन्दगी में से निकाल देना क्या मुश्किल है! बहुत-से कतल के केस आत्मघात या स्वाभाविक घटनाओं जैसे शब्दों के नीचे दबा दिए जाते हैं।

—विमलाजी! आप इन सब घटनाओं का मूल कारण क्या समझती हैं?

—इनका सबसे बड़ा कारण लेनदेन के रिवाज हैं। लड़के के माता-पिता लड़की के माता-पिता को अपनी लगातार आमदनी का साधन बनाना चाहते हैं।

—इसका हल आप यह नहीं सोचतीं कि औरत आर्थिक रूप से स्वतंत्र होनी चाहिए? वह अपने मर्द साथी की तरह अगर अपनी रोज़ी कमा सके तो उसके मूल्य बदल जाएंगे?

—ज़रूर बदल जाएंगे। यही एकमात्र हल है। इस परिवर्तन

के काल में जो कुछ हो रहा है—दफ्तरों में काम करने वाली लड़कियों को जिन कठिनाइयों का सामना करना पड़ रहा है, उनसे घबराना नहीं चाहिए। यह मर्द की चिरकाल से अकेले और भूखे जीवन के तरसाव की प्रतिक्रिया है। धीरे-धीरे साझे काम-काजी जीवन की आदत मर्द की इस भूख को कम कर देगी। तब आज जैसी घटनाएं नहीं होंगी। जिस तरह मर्द का कारोबारी जीवन सामाजिक ढांचे का आवश्यक अंग है, उसी तरह औरत की कमाऊ ज़िन्दगी भी घर और समाज का अंग बन जाएगी।

एक और बात कहना चाहती हूं—हमारे देश में विवाह और तलाक का कानून पास हो गया है। बहु-विवाह पर प्रतिबंध भी इसी कानून का एक हिस्सा है। विरासत का कानून भी पास हो गया है। लड़की का हक भी जायदाद में उतना ही रखा गया है, जितना लड़के का। दहेज की मनाही का कानून भी बन गया है। पहले औरत को गोद लेने का अधिकार नहीं था, अब उसका यह अधिकार कानूनी तौर पर मान लिया गया है। ये सब कानून बहुत अच्छे हैं, लेकिन सवाल यह है कि ये अमल में कब आएंगे। अभी तक ये सब कानून किताबों की बन्द जिल्दों में, हमारी औरतों की किस्मत की तरह, ऊंघ रहे हैं।

कलम : एक गुस्ताखी

"मेरी दादी मुझे परियों की कहानी सुनाया करती थी। कहानियां सुन-सुनकर मुझे विश्वास हो गया कि परियां सचमुच होती हैं। मैंने एक दिन दादी से परियों के देश का पता पूछा। उसने मुझे बताया कि जब आसमान में सतरंगी झूला पड़ता है, तब परियों के देश का रास्ता दिखाई देता है। जहां सतरंगी झूले का आखिरी सिरा है, वहां परियों का देश है।

"मेरी उम्र तब छः-सात बरस की थी। कुछ ही दिन हुए थे, जब सालगिरह मनाई गई थी, और मुझे एक बड़ा सुन्दर सितारों-जड़ा फ्रॉक पहनाया गया था। मैंने उस फ्रॉक को संभालकर रख लिया और रोज़ आसमान की तरफ देखने लगी कि सतरंगी झूला किस दिन पड़ेगा। एक दिन बहुत बारिश हुई। शाम को जब आसमान खुला तो उसपर सतरंगी झूला पड़ गया। मैंने जल्दी से कमरे में जाकर पुराना फ्रॉक उतार दिया और सितारों वाला फ्रॉक पहन लिया। मैंने यह सुना हुआ था कि परियां बहुत सुन्दर झिलमिल करते हुए कपड़े पहनती हैं। इसलिए मैंने सोचा कि मैं जब उनसे मिलूं तो मेरे कपड़े भी ज़रूर सुन्दर हों।

"मैं घर से चल दी। चलती गई, चलती गई। मुझे गलियों,

बाज़ारों के न तो नाम ही आते थे, न ही रास्ते मालूम थे। मैं आसमान की तरफ देखती रही, झूले की सीध देखती रही और चलती रही। चलते-चलते अंधेरा हो गया और आसमान का झूला आंखों के आगे से लोप हो गया। मैं ठिठककर खड़ी हो गई। आगे कहां जाऊं? आगे कहीं कोई रास्ता दिखाई नहीं दे रहा था (अंधेरा बढ़ता जा रहा था), मैं खड़े होकर रोने लगी।

"मुझे अब यह याद नहीं है कि मुझे घर किसने पहुंचाया। इतना याद है कि मैं खुद घर नहीं आई थी, क्योंकि मुझे घर का रास्ता नहीं आता था। पर मेरी ज़िन्दगी की सबसे पहली और सबसे बड़ी निराशा इस बात को लेकर थी कि परियों का कोई देश नहीं होता।

"शायद यही तलाश थी कि बड़े होकर अपनी धरती की बेटियों को बड़े ध्यान से देखने लगी। 1958 में जब लखनऊ के वेश्या-बाज़ार को बन्द करने का हुक्म सुनाया गया तो मैंने उनकी हर गली में घूमकर उनका हाल पूछा, उनकी मर्ज़ी पूछी और उनकी ज़िन्दगी के बाकी रहते दिनों के बारे में सोचने लगी। वे बाज़ार की परियां बहुत परेशान थीं। सुधार-आश्रम उनके लिए या तो जेल की सूरत के थे या एक नये बाज़ार की सूरत के। और इन दोनों में से किसीमें भी उनका हल नहीं था।

"मुझे याद है, हमारे सैयद घराने में एक बार एक मेहरबान मर्द ने एक वेश्या से मुहब्बत की और फिर इतनी बड़ी जुर्रत की कि उससे ब्याह कर लिया। मुझे पूरा विश्वास है कि उसकी जगह और कोई भी औरत होती, वह अपने पति के माता-पिता का उतना मान न करती जितना कि उस औरत ने किया, पर उसे किसी दिल के किसी कोने से भी आदर नहीं मिला। आखिर में

हारकर उसने उस समाज को छोड़ दिया। वह अधिकार चाहती थी, रिआयत नहीं चाहती थी।

"अछूत लड़कियों की कठिनाई भी अपनी तरह की कठिनाई है। एक मर्तबा हमारे स्कूल में फॉर्म बांटे गए कि अछूत लड़कियां इन्हें भर दें तो उनकी फीस कम हो जाएगी। कई लड़कियों ने फॉर्म भर दिए, पर मैंने देखा कि उनमें हीनता का एहसास बहुत साफ तौर पर पैदा हो गया था। उनकी फीस कम हो गई थी, पर वे खुश नहीं थीं। 'पिछड़े' हुए वर्ग की लड़कियां होने की मानो उन-पर मुहर लग गई थी।

"आज की जवान मुसलमान लड़कियों की मुश्किल भी अजीब मुश्किल है। कुछ समझ में नहीं आता कि इसका क्या हल हो सकता है। अच्छे घरानों के नौजवान मुसलमान तालीम पाने के बाद अकसर पाकिस्तान चले जाते हैं। यहां हिन्दुस्तान में जब उन्हें अच्छी नौकरी के लिए मुश्किल पेश आती है तो उनकी भार-तीयता की भावना बलवान न होने के कारण वे पाकिस्तान की ओर देखने लगते हैं (ये बातें मैं पिछले चार-पांच महीनों से पहले की कर रही हूं), पर उन लड़कियों का क्या हो, जो अपने दिल से इतनी भारतीय हैं कि पाकिस्तान जाना नहीं चाहतीं? यहां उन्हें ब्याह की बड़ी मुश्किल पेश आ रही है। वे हिन्दू नौज-वानों से ब्याह कर लें, पर उन्हें उन घरों में अधिकार और आदर नहीं मिलता।

"अमृता बीबी! मज़हब का भेद-भाव कुछ तुम्हारे-मेरे जैसे लोगों ने अपने दिलों से निकाल दिया, लेकिन बहुत-से लोगों के दिलों पर अभी भी इस भेदभाव ने कब्ज़ा किया हुआ है। मुझे याद है, दोनों देशों के बंटवारे के समय जब दोनों मज़हबों के लोग एक-

दूसरे को एक आंख नहीं देख सकते थे, उन दिनों एक हिन्दू नौजवान ने एक मुसलमान लड़की से शादी की थी। दोनों को जानती हूं, दोनों बहुत अच्छे हैं, लेकिन पिछले दिनों की बात है, उस नौजवान ने मुझसे अपना हाल कहा। उसने बताया कि 'इतने बरस हो गए हैं हमारे ब्याह को, मेरी बीवी हमेशा मेरे माता-पिता का आदर करती है, मेरी बहनों के ब्याह के समय अपने गहने निकाल-निकालकर दे देती है, पर मैं यह जानता हूं कि वह जब मेरे माता-पिता से मिलने जाती है, वह उसे चीनी की प्लेटों में खिलाते हैं, और वे प्लेटें उन्होंने अलग रखी हुई हैं। उन्हें अपनी प्लेटों में नहीं खिलाते। यह बात मेरी बीवी को मालूम नहीं है, लेकिन मुझे मालूम है। अगर उसे मालूम हो जाए तो उसके दिल का क्या हाल हो!

"हिन्दू-मुसलमान का भेदभाव तो सामने दीखने वाला भेदभाव है, हम मुसलमानों में शिया और सुन्नी का भेदभाव भी इतना बड़ा है कि इसके दर्द को वही समझ सकता है, जिसपर बीती हो। मेरे माता-पिता शिया सैयद थे पर जिससे मैंने अपनी उठती जवानी में मुहब्बत की थी, उसके माता-पिता सुन्नी सैयद थे। और यह बस इतना-सा मज़हबी फर्क था जिसकी वजह से हम दोनों एक-दूसरे से हमेशा के लिए बिछुड़ गए।

"'इण्टलेक्चुअल' औरत की एक अपनी परेशानी है। औरतों के संग-साथ में उसे बातें करने का वह स्तर नहीं मिलता, जो बुद्धि का होता है। वह बुद्धिमान मर्दों का संग-साथ चाहती है, पर बुद्धिमान से बुद्धिमान मर्द के लिए उस औरत का औरतपन पहली चीज़ होती है, और उसका मानसिक स्तर दूसरी चीज़। कोई साहित्यिक बात बाद में होती है, गलतफहमी उससे पहले ही तैयार हो जाती है। बेकार की बदनामियां उसके चारों तरफ घिरने

लगती हैं।...इन्सान की एक और फितरत भी बड़ी अजीब है। दोस्ती दोनों तरफ से बढ़ाए हुए हाथों से होती है, एक तरफ से बढ़ाए हुए हाथ से नहीं। पर मर्द जब हाथ बढ़ाता है तो वह खुद ही मन में मान लेता है कि औरत को इनकार करने का कोई अधिकार नहीं है। औरत का इनकार उसकी कल्पना के बाहर होता है, इसलिए यह इनकार उसे अपना अपमान लगता है और उसमें बदला लेने की भावना पैदा कर देता है। बदला लेने का सबसे आसान तरीका होता है—औरत की बदनामी। वह यह तरीका अपना लेता है।

"इतिहास में कुछ उदाहरण मिलते हैं कि औरत ने मर्द से इस प्रकार का बदला लिया, जैसे जुलैखा ने यूसुफ के इनकार से गुस्से में आकर उसे कैद में डलवा दिया। पर वह एक ताकतवर रानी का गुस्सा था। आम औरत के मन में बदले की भावना नहीं आती। अगर आ भी जाए तो वह ऐसा बदला दूसरे से नहीं लेती, अपनी उदासी के ज़रिये अपने-आपसे लेती है। उसकी इस प्रकृति का मुख्य कारण यही है कि नेकनामी और बदनामी का मूल्य हर समाज में औरत के लिए और होता है, मर्द के लिए और।

"औरत हाथ में सूई-धागा पकड़ ले, यह तो ठीक है, पर वह हाथ में कलम पकड़ ले, यह उसकी जुर्रत नहीं, गुस्ताखी समझी जाती है। जिस ज़माने में मैंने लिखना शुरू किया था, उस ज़माने में औरत का लिखा हुआ कुछ भी मर्दों के किसी अखबार या रिसाले में नहीं छपता था। औरतों के कुछ रिसाले निकलते थे, ज्यादा से ज्यादा यह हो सकता था कि वहां कुछ छपवा लिया जाए। पर देखती थी कि मर्दों के रिसालों का स्तर औरतों के रिसालों से बहुत ऊंचा होता था, इसलिए मैं कभी अपनी कोई कहानी उनके पर्चों

में छपवाना चाहती थी। एक दिन चोरी-चोरी 'अदबी दुनिया' में कहानी भेज दी। यह मुझे खयाल नहीं आया कि जब इस कहानी की पहुंच की सूचना आएगी, उस खत से तो मेरे घरवालों को पता चल जाएगा। सलाहुद्दीन साहब ने जवाब में खत लिखा, कहानी की तारीफ की, लेकिन उससे घरवालों को पता चल गया कि मैंने कहानी भेजने की गुस्ताखी की थी। मेरे दादाजी ने मुझसे तो कुछ नहीं कहा, पर मेरे वालिद को बिठाकर समझाया, 'इस लड़की की अब बहुत जल्दी शादी कर देनी चाहिए···इसे पराये मर्दों के खत आने लगे हैं···' यह तो एक गनीमत हो गई कि मेरी शादी एक अदीब से हो गई, मेरा माहौल बदल गया, नहीं तो शायद मैं अपने कलम में स्याही भरने की फिर कभी गुस्ताखी न करती।"

[उर्दू लेखिका रज़िया सज्जाद ज़हीर की ज़बानी]

देवदासियां

प्राचीन प्रथा के अनुसार प्रत्येक घराने की एक लड़की को देव-दासी बनना पड़ता है। देवता एलमा की जीत को जगाए रखने के लिए घराने की एक बच्ची 'जोगती' अवश्य होनी चाहिए। देव-मूर्ति के आगे दीया जगाना इस बालिका का सौभाग्य समझा जाता है। यदि कोई घराना अपनी एक लड़की को देवदासी नहीं बनाता, उस घराने पर देवता का कोप होने का भय हर समय छाया रहता है।

बालिका को देवदासी बनाने का संकल्प मनौती के रूप में भी किया जाता है। कोई लड़की अगर छोटी उम्र में बीमार हो जाए तो उसके माता-पिता यह मनौती मानते हैं कि अगर हमारी लड़की अच्छी हो गई तो इसे देवदासी बना दिया जाएगा। लड़की अच्छी हो जाए तो माता-पिता को अपनी मनौती की ओर से अपने इरादे को बदलने का कोई अधिकार नहीं होता। उसके घर के और सब लोग और पड़ोसी देवता का कोप सहन करने के लिए तैयार नहीं होते, इसलिए कोई उस लड़की से विवाह करने के लिए तैयार नहीं होता। उसे देवदासी अवश्य बनाया जाता है। यह मनौती केवल बीमारी के अवसर पर नहीं मानी जाती। निःसन्तान माता-पिता

भी मनौती मानते हैं, और जब कभी उनके घर बच्ची का जन्म होता है, वे उसे देवदासी बना देते हैं। और इसी तरह मृत्यु-शय्या पर पड़ा हुआ कोई पिता अपना परलोक सुधारने के लिए अपनी अन्तिम इच्छा के रूप में यह मनौती मान जाता है, और पिता की अन्तिम इच्छा को पूरा करने के लिए उसकी लड़की को देवदासी अवश्य बनना पड़ता है।

कुछ निर्धन माता-पिता अपनी लड़कियों के विवाह के लिए दहेज जुटाने की असमर्थता के कारण लड़कियों को देवदासियां बना देते हैं।

कुछ देवदासियां वे भी हैं, जो साधारण विवाहित जीवन में स्त्री पर सदा मार पड़ते देखकर, उससे बचने के लिए अपनी इच्छा से देवदासियां बन जाती हैं।

देवदासियों को कभी विवाह करने की आज्ञा नहीं होती। मन्दिर की पूजा इनके कर्तव्य में सम्मिलित होती है। इसके अतिरिक्त जीवन-निर्वाह के लिए इन्हें अपने शरीर को निर्वाह का साधन बनाना पड़ता है।

देवदासियों के अतिरिक्त जो स्त्रियां वेश्यावृत्ति अपनाती हैं, उनमें अधिक गिनती गांवों के निर्धन घरों की स्त्रियों की है। इसके मुख्य कारण ये देखे गए हैं :

1. निर्धनता—जिसके माता-पिता की, या पति की इच्छा व स्वीकृति से स्त्रियां इस धंधे में आती हैं।

2. माता-पिता या पति की मुत्यु—जिससे मानसिक जीवन भी अव्यवस्थित हो जाता है और आर्थिक जीवन भी, जिससे अपने छोटे बच्चों के जीवन-निर्वाह का प्रश्न भी उत्पन्न हो जाता है और जिससे सासों या भावजों के दुर्व्यवहार का प्रश्न भी उत्पन्न

हो जाता है। और एक कारण यह भी होता है कि विधवा स्त्री जीवन की हर आज़ादी और खुशी से वंचित कर दी जाती है।

3. पति की शराब, बेवफाई और मार। और कई हालतों में लड़का न पैदा कर सकने के कारण ससुराल वालों का बुरा व्यवहार, जिससे स्त्री को अपना-आप ऐसा लगने लगता है, उसकी किसी को ज़रूरत न हो। बेजोड़ विवाह भी इसका एक कारण होते है।

4. छोटी बालिकाओं की चोरी और उनका क्रय-विक्रय।

5. किसी पड़ोसी या रिश्तेदार की ज़बर्दस्ती के कारण लड़कियों पर गैर-कानूनी बच्चे का उत्तरदायित्व।

6. कठिन शारीरिक श्रम से बचने का साधन। अड़ोस-पड़ोस के दुखी विवाहित जीवन से उत्पन्न हुए मनोवैज्ञानिक कारण और एक अबोध स्त्री के मन में अपने पति की ज्यादतियों से उत्पन्न हुई बदला लेने की भावना।

बदला लेने की इच्छा कभी ही किसी स्त्री में उत्पन्न होती है। यह इस पेशे के मुख्य कारणों में नहीं है। पर इस पेशे में आने वाली स्त्री का कारण चाहे यह हो या चाहे दूसरे मुख्य कारण हों, यह प्रायः देखा गया है कि इस पेशे की अमीरी और आराम के बारे में इन सब स्त्रियों को भ्रम अवश्य होता है। बहुत जल्दी उन्हें मालूम हो जाता है कि उनकी आमदनी मुश्किल से उनके जीवन-निर्वाह के लिए ही पर्याप्त है। भयानक बीमारियों की भी उन्हें कोई खबर नहीं होती। परन्तु जिस समय उनका भ्रम मिटता है, उस समय तक लौटकर समाज में वापस आने का रास्ता बन्द हो चुका होता है।

['ए स्टीडी ऑफ प्रॉस्टीच्यूट्स इन बाम्बे' नामक पुस्तक से]

कोठेवालियां

दिसम्बर, 1958 की रात रातवालियों के बाज़ार में कयामत बनकर आई। सामाजिक उद्देश्य साथ आ गया—उससे प्रेरित लखनऊ की पुलिस ने छापा मारा। रात के दो बजे थे। कुत्तों, चोर-उचक्कों और पुलिस वालों की छुपी हुई सरगर्मियों को छोड़कर शहर की सड़कों पर सन्नाटा था। बाज़ार की परियां अपने नसीबों के कांटों की सेज पर पड़ी सो रही थीं। अचानक पुलिस की सीटियां सुनाई देने लगीं। उन्होंने सब गलियों के गिर्द घेरा डाल दिया था। सन्नाटे में भय की गूंज भर गई। पुलिस वालों के बूटों की खट-खट गलियों को रौंदने लगी। छापा पड़ने की खबर हवा में मिल गई और हर सांस आह बन गई। पुलिस वाले सामने के दरवाज़े से अन्दर जाते, तवायफें पिछले दरवाज़े से भाग निकलतीं, लेकिन पीछे की गलियों में भी पुलिस वाले थे। कुछ औरतें रो रही थीं, कुछ बेहोश हो गई थीं। पुलिस वालों ने उन्हें ट्रकों में डाला और हवालात ले गए।

26 जनवरी के आसपास लखनऊ की नामी गानेवालियों ने एक बहुत बड़ी सार्वजनिक सभा की। मेरे दोस्तों ने मुझे बहुत रोका, पर मैं उस सभा में गया। मुझे उस रात का उनका यह

विचार नहीं भूलता, 'सरकार हम औरतों को खत्म कर सकती है, लेकिन इस पेशे को किस तरह खत्म करेगी?'

मुझे वह अमरीकन पुस्तक याद आई, जिसमें वेश्यावृत्ति का इतिहास वर्णित था। उसमें पुराने ज़माने की उन लौह-पेटियों के चित्र थे, जो पुरुष विदेश जाते समय अपनी स्त्रियों को पहनाकर उनपर ताले लगा जाते थे, और तालों पर लाख की मुहरें जड़ जाते थे। अत्याचार जैसे ये सिद्धान्त केवल स्त्रियों के लिए थे, पुरुषों के अपने लिए नहीं। स्त्रियों के वेश्यावर्ग पुरुषों की आवश्यकता ने ही बनाया। सोचता हूं—मानव सभ्यता के विकास के साथ यह वर्ग समाप्त हो जाए तो अच्छा ही है।

बहुत शोर मचा, किन्तु अन्त में यह निर्णय हुआ कि नाचने-गाने वाली स्त्रियों की संस्था तो बनी रहे, शरीर का व्यापार करने वाली स्त्रियों की संस्था को समाप्त कर दिया जाए। हर दरवाज़े पर बोर्ड लग गया—'सिंगर्ज़ ऐंड डान्सर्ज़'। मैंने इन औरतों से मुलाकात का समय मांगा।

21 अगस्त को नसीम आरा बाई, शमीम बानो, दिलरुबा बाई, नवाब जान बाई और मुन्नी बाई मुझसे मिलने आईं। इन सबकी आयु पचास और साठ वर्ष के बीच थी।

"हमारे घरों में पीढ़ी दर पीढ़ी गाने-बजाने का पेशा होता आया है। हमारी लड़कियां रईसों की खिदमत करने के लिए बाकायदा इल्मेमजलिसी की तालीम पाती थीं···दो सौ साल पहले हमारी लड़कियों को बाकायदा निशानेबाज़ी, घुड़सवारी, शायरी, नाचना, गाना और शतरंज-पच्चीसी की तालीम दी जाती थी। तरबियत-तालीम पूरी होने पर लड़की को किसी रईस की नज़र कर दिया जाता था। वह लड़की उस रईस के पास ता-उम्र

रहती थी। उसके औलाद हो जाए तो बेहतर, नहीं तो वह किसी भानजी-भतीजी को गोद लेकर उसे तालीम देती थी।···लड़की को नज़र करने की बात तो ज़माने के साथ ही खत्म हो गई। अब हम लड़कियों को अंग्रेज़ी तालीम देती हैं। घर-गृहस्थी की औरतें पर्दे की आड़ में जो चाहें कर लें, उनकी इज्जत फिर भी बची रहती है। लेकिन गुनाह के जरासीम सिर्फ हम में समझे जाते हैं··· हमारी तो कयामत आ गई। उस दिन छापा पड़ा। पैंतीस-पैंतीस बरस की औरतों को नाबालिग कहकर उन्होंने पकड़ लिया। जिनकी गोद में चार-चार दिन के बच्चे थे, उन्हें भी पकड़कर ले गए। चौरासी-पिचासी बरस की ज़ईफ नजीर बाई तक को पकड़-कर ले गए। यह मुन्नी बाई पचास दिन तक हवालात में रहकर आई है। न मुंह में दांत, न पेट में आंत, इसने किसीका क्या बिगाड़ा था? हमारे मुंह के निवाले मुंह में रह गए। हम जूठे हाथों से छातियां पीटने लगीं। हवालात में छोटे-छोटे बच्चे दूध के लिए बिलख गए, दूध की शीशियां तक अंदर नहीं पहुंचाने देते थे। कहते थे कि तुम हमें धोखा देकर ज़हर पी लोगी।

"पर एक बात हमें बताइए। ज़माना बदल गया है। हम भी दुखी हैं। हम अपनी बेटियों को पेशे में नहीं डालना चाहतीं, हम उनकी शादी करना चाहती हैं, पर उनकी शादी हम किससे करें? इन्हीं दिनों में हमारी दो लड़कियों ने शादी की थी, नौजवानों को तरस का जोश आ गया था, पर जब जोश खत्म हुआ, वे अपने रिश्तेदारों से डर गए। हमारी लड़कियां फिर वापस आ गई हैं···"

[अमृतलाल नागर की पुस्तक 'ये कोठेवालियां' से]

विज्ञान का एक प्रयोग

मुझे और मेरी मां को बर्लिन से पचास मील उत्तर की दिशा में एक जगह भेजा गया। मेरे पिता और मेरे चाचा अपने समय के बहुत बड़े वैज्ञानिक थे, उनसे अधिकारी काम लेना चाहते थे, इसलिए यद्यपि वह यहूदी थे, उन्हें जान से नहीं मारा गया, और हमें भी उन्हीं के कारण जीवित रहने दिया। मैं तब तेरह बरस की थी, फिर चौदह की हुई, फिर पन्द्रह बरस में मैं भरपूर जवान हो गई थी। वैसे तो हमारे शरीर पर चीथड़े होते थे और चेहरे पर हर समय यहूदी होने का भय लिखा रहता था, पर हमें, मेरे पिता और चाचा के कारण, बेंतों से नहीं मारा जाता था। सवेरे साढ़े पांच बजे हमें उठना होता था। नाश्ते के नाम पर हमें एक प्याला कॉफी का मिलता था, दोपहर खाने के नाम पर एक प्याला बंद गोभी के सूप का, और यही एक बार रात को। ग्यारह घंटे रोज़ हमें सड़कें खोदनी होती थीं; पर मेरी मां कहा करती थी कि कैम्प का असली भय यही नहीं था जो दिखाई देता था, असली भय और था जो दिखाई नहीं देता था। हममें पचास औरतें रोज़ गायब हो जाती थीं। कहा जाता था कि रोज़ पचास के हिसाब से औरतों की गर्दन के पास गोली मारकर उन्हें खत्म कर दिया जाता था...

और फिर सुना कि डॉक्टरों ने विज्ञान के कुछ प्रयोग आरम्भ कर दिए हैं।

गंधक से कोई दवा बनाने का प्रयोग था। इसके लिए उन्होंने सफेद चूहों की जगह पोलिश लड़कियों को चुन लिया। उनकी टांगों पर वे यह प्रयोग करते थे। टांगों में चीरा देकर टिटनेस के कीटाणु भर देते थे। वे कीटाणु वे कई बार पीसे हुए कांच में मिलाकर भरते थे—बहुत-सी लड़कियां तड़पकर मर जाती थीं।

मेरे साथ जो कुछ घटा, वह यह नहीं, कुछ और है। नाज़ियों को अपने समद्री जहाज़ों के कप्तानों की चिन्ता थी। उन्हें कई बार पानी में छलांग मारनी पड़ती थी। जाड़े के ठंडे पानी में उनकी टांगें जम जाती थीं। एक रात को बड़ी भयानक ठंड थी। हमारे वार्ड की निगरानी पर जो औरत थी, वह अन्दर आई। उसके साथ दो मर्द गार्ड थे। वह सलेटी रंग की वर्दी पहने हुए थी, कमर से पिस्तौल लटका हुआ था, और हाथ में चाबुक थी। उसने हम सब औरतों से एक कतार में खड़े होने के लिए कहा। हमारी गंदगी, बदशकली और आंखों की पस्ती पर मन ही मन कुढ़ते हुए वह हमें देखती रही। एक-एक को देखते हुए वह जब मेरे पास आई, खड़ी हो गई। "यह ठीक है, बिलकुल ठीक है," उसने कहा, और मेरी मां के मुंह पर डर जैसे पुत गया। उसने मेरी मां को बताया कि मुझे कोई खतरा नहीं था, सिर्फ एक रात के लिए विज्ञान के एक प्रयोग के वास्ते डॉक्टरों की मेरी ज़रूरत थी।

कड़ाके की सर्दी वाली उस रात में मुझे जब ईंटों की एक इमारत के पास ले जाया गया, मुझे लगा, हवा में किसी आदमी की चीखें मिली हुई हैं। दरवाज़ा पार करने पर मुझे एक डॉक्टर

मिला। डॉक्टर जब मुझे इमारत के भीतरी हिस्से में ले गया, चीखें और ज़ोर से और साफ सुनाई देने लगीं। फिर वह मुझे एक कमरे में ले गया। वहां ज़मीन पर एक पोलिश कैदी को लिटाया हुआ था। उसके शरीर पर कोई कपड़ा नहीं था। केवल उसके काले घुंघराले बालों से उसका माथा ढका हुआ था।

मैंने वहां से भागना चाहा, इसलिए भी कि मैंने कभी किसी नौजवान मर्द को नंगे नहीं देखा था, और इसलिए भी कि उसकी दोनों बांहें कलाई पर से और दोनों टांगें टखनों पर से बंधी हुई थीं। थोड़ी-थोड़ी देर बाद एक आदमी बर्फ का पानी उसके शरीर पर डालता था और वह आदमी चिल्लाता था। डॉक्टर ने मुझे बताया कि यह प्रयोग आदमी को बर्फ की तरह जमाने का है, इसके बाद इसे गर्म करने का प्रयोग किया जाएगा। इस प्रयोग से यह जानने की कोशिश की जाएगी कि ठंड से ऐंठे हुए अंगों को किस तरह बचाया जा सकता है।

मुझे एक और कमरे में ले जाया गया। इस कमरे में एक बड़ा-सा पलंग था और एक कुर्सी थी। मुझे गर्म दूध का प्याला पीने के लिए दिया गया और रोटी का एक खासा बड़ा टुकड़ा खाने के लिए। मेरे लिए यह खाना नेमत था। मुझसे पलंग पर आराम करने के लिए कहा गया और कहा गया कि जब मेरी ज़रूरत होगी, मुझे जगा लिया जाएगा। मुझे याद है, मैं सोई नहीं, सो नहीं सकी, क्योंकि उस यहूदी लड़के की चीखें मेरे कान भुला नहीं पा रहे थे। न जाने कितना समय बीत गया, शायद कुछ घंटे, डॉक्टर मेरे कमरे में आया। मैं उस लड़के की ओर से बहुत चिंतित थी। डॉक्टर ने मुझे बताया कि पहला प्रयोग समाप्त हो गया है और अब दूसरे प्रयोग से देखेंगे कि उस लड़के को बचाया जा

सकता है या नहीं। इस दूसरे प्रयोग में हम उसे मनुष्य के शरीर की गर्माइश देंगे।

डॉक्टर ने मुझसे कपड़े उतारने के लिए कहा। पन्द्रह बरस की हर लड़की जैसे अपने शरीर के नये उभार की जानकारी से बहुत लजीली-सी हो जाती है, मैं भी थी, मैंने कपड़े उतारने से इनकार कर दिया। डॉक्टर ने मुझे समझाया कि यह प्रयोग दो शरीरों से ही हो सकता है—एक उस लड़के का बर्फ जैसा ठंडा शरीर और दूसरा मेरा गर्म शरीर। मैं उस लड़के के ठंडे शरीर से लिपट-लिपटकर अपने शरीर की गर्माइश उसे दूं, और देखूं कि उसे उस गर्माइश से बचाया जा सकता है या नहीं। मैंने चीख-कर इनकार कर दिया। डॉक्टर ने कहा कि अगर मैं नहीं मानूंगी तो वह मेरी जगह मेरी मां को पकड़कर ले आएंगे।

अब मैं मना नहीं कर सकती थी। पहले मेरा स्वेटर उतारा गया, और फिर बाकी कपड़े, और फिर पलंग पर मेरे पास उस नंगे ठंडे यहूदी लड़के को लिटा दिया गया। डॉक्टर ने मुझसे कहा कि मैं अपनी दोनों बांहें उसके गिर्द लपेट दूं। हाथों से उसके सारे शरीर को सहलाऊं, और अपनी सांसों की गर्मी उसके शरीर को पहुंचाऊं।

ठंडी कंपकंपी मेरे शरीर में आ रही थी। मैंने उस बेहोश लड़के के मुंह की ओर देखा। वह न जीने में था, न मरने में। मैंने उसकी वह चीख-पुकार सुनी थी, जब उसे बर्फ के पानी से बेहोश किया जा रहा था। मैं चाहती थी, वह बच जाए। मैं चाहती थी, वह जीता रहे। मैंने उसके रोम-रोम को अपनी सांसों से गर्म किया, उसके अंग-अंग को अपनी हथेलियों से सहलाया। कोई एक घंटे के बाद उसे होश आया। वह टुकर-टुकर मेरी ओर

देखने लगा। डॉक्टर ने आकर उसके थर्मामीटर लगाया और फिर कमरे से बाहर चला गया। वह कुछ देर एकटक मेरे मुंह और मेरी छाती की ओर देखता रहा। वह मुझे नहीं पहचानता था न यह पहचानता था कि वह कहां है और क्यों है। फिर बिजली की रौं की तरह उसके सारे शरीर में एक लहर-सी दौड़ गई और उसने मुझे अपनी सारी शक्ति से अपनी बांहों में दबोच लिया। मेरा कुंआरापन टूटने का यह प्रयोग इतना भयानक था कि उसके बाद मैं जिस चीज़ की ओर देखती हूं, मुझे वह भयानक नज़र आती है···

[इर्विंग वैलेस की पुस्तक 'प्राइज़' से]

विवाह का दृष्टिकोण

"स्त्री की आयु के जो उर्वर वर्ष बच्चों को जन्म देने के काम आ सकते हैं, वह और किसी निमित्त में नहीं लगने चाहिए," पुरुष के इस दृष्टिकोण को सामने रखकर मनु ने वेदों का अध्ययन पुरुषों के लिए नियत कर दिया और स्त्रियों के लिए उसका निषेध कर दिया। वेदों की शिक्षा पुरुष की पच्चीस या तीस वर्ष की आयु से समाप्त होती थी, इसलिए मनु ने पुरुष के विवाह करने का समय उसकी पच्चीस या तीस वर्ष की आयु में निर्धारित किया। और स्त्री के विवाह का समय वह नियत किया गया, जब उसका रजोधर्म प्रारंभ हो जाए। इस प्रकार उसकी लगभग दस वर्ष की आयु को विवाह का समय समझा गया। अर्थशास्त्र ने उन माता-पिता को समाज का ऋणी कहा, जो सात बार मासिक रजोदर्शन के बाद भी अपनी पुत्री का विवाह नहीं करते। पराशर ने इसी बात को बड़े भयानक शब्दों में कहा, "जो पिता अपनी बारह वर्ष की पुत्री का भी विवाह नहीं करता, वह हर महीने अपनी पुत्री के मासिक स्राव का लहू पीता है।"

विष्णु ने यहां तक कहा कि रजोदर्शन के बाद भी अगर कोई स्त्री अविवाहिता रहती है तो वह पुरुष कोई पाप नहीं करता, जो

उसे उसके माता-पिता के पास से ज़बर्दस्ती छीन लेता है।

इस प्रकार हमारे धर्मशास्त्रों के अनुसार पुरुष मनुष्यजाति का वह वर्ग माना गया, जो 'विवाह करता है'; और स्त्री वह वर्ग मानी गई, जिसका 'विवाह होता है'। 'कन्यादान' शब्द का अस्तित्व इसी बात का प्रमाण है कि स्त्री को समाज में वस्तु समझा गया और पुरुष को उस वस्तु का स्वामी।

[प्रोफेसर इन्द्र की पुस्तक 'द स्टेट्स ऑफ विमेन इन एन्शेण्ट इण्डिया' से

पवित्र वेश्या और अपवित्र विधवा

आदिकाल से अब तक मनुष्य-समाज में नारी का स्थान निर्धारित करने के लिए सबसे पहले विश्व के पौराणिक साहित्य का अध्ययन करना आवश्यक है।

भारत के मूल द्रविड़ों के, और प्रथम द्रविड़ों के (जो अनुमानतः ईसापूर्व चार हजार से ढाई हजार वर्ष के समय में भारत आए) पूज्य चिह्न थे—(1) पालथी मारकर बैठा हुआ एक देवता, जिसके सिर पर बैल के सींग थे, और (2) एक दिव्य नारी, जिसकी कोख से फूल-पत्ते उगे हुए थे। स्पष्ट है—ये दोनों पूज्य-चिह्न उपजाऊ शक्ति के चिह्न थे, धरती से संबंधित। धरती और अंबर भी गाय और बैल का प्रतिनिधित्व करते थे।

ईसा से सत्रह सौ वर्ष पूर्व आर्य आक्रामकों ने धरती से जूड़ी हुई भारत की सभ्यता को छिन्न-भिन्न कर दिया। वे अच्छे घुड़सवार थे, और उन्होंने तलवार के बल पर विजय प्राप्त की। उनका पूज्य-चिह्न वरुण देवता था, और उनके बल का प्रतीक सूर्य था। आर्यों की कल्पना के अनुसार वरुण सहस्र खंभों और सहस्र द्वारों के स्वर्ण-महल में निवास करता है, और अपने पास निगरानी के लिए अनेक गुप्तचर रखता है। इस समय मनुष्य के चिन्तन में

उपजाऊ शक्ति की एकमात्र इच्छा के साथ सदाचार की चाहना भी सम्मिलित हुई। वरुण देवता ने मनुष्य को दंड देने की रीति चलाई। इसके हाथ में रस्सी, मनुष्य को कसकर बांधने का चिह्न है। इस-प्रकार अब तक 'अपराध' से अपरिचित मनुष्य 'अपराध' से परि-चित हो गया। और इसी समय मनुष्य भय से और क्षमा की आशा से भी परिचित हुआ।

तत्पश्चात् मित्र नामक देवता अस्तित्व में आया। वह प्रायः वरुण के समान था, जिसके काम के बांटने की कल्पना की गई। मित्र दिन के समय के लिए रक्षक नियुक्त किया गया, और वरुण रात के लिए। आर्यों की पारम्परिक गाथाओं में अब ईरानी देव-ताओं के समूह भी सम्मिलित हो गए और इस प्रकार मनुष्य नित-नये 'भय' को ग्रहण करता गया।

धरती की कोख से जब इन्द्र देवता के जन्म की कल्पना की गई, तब सब देवताओं में भी 'भय' की कल्पना की गई। आर्य-कल्पना ने इन्द्र को आंधियों-तूफानों का देवता निश्चित करके उसे घुड़सवार भी दर्शाया और स्वर्ण-रथ में आसीन भी। उसे सोमरस पान करने वाला और अत्यन्त उपद्रवी कल्पित किया गया, और उसकी वरुण से शत्रुता भी मानी गई (जो ब्राह्मण और क्षत्रिय योद्धाओं की परस्पर शत्रुता का प्रतीक समझी जा सकती है)।

पौराणिक साहित्य में स्पष्ट उल्लेख है कि इस उपद्रवी पुत्र को माता धरती ने छिपा देने की चेष्टा की थी, किन्तु वह उसके वश के बाहर की बात थी। हो सकता है, मनुष्य-समाज के उपद्रवी पुत्रों को वश में रखने के लिए यह उस समय की माताओं का सर्वप्रथम प्रयास हो। पौराणिक साहित्य आगे बताता है कि इस देवता ने अनावृष्टि-पीड़ितों को हर्षित करने के लिए जी भरकर सोमरस का

पान किया और उसके नशे से शक्ति ग्रहण कर अनावृष्टि के देवता को लड़ाई में पराजित कर उसके निन्यानवे किले छीन लिए और बादलों को उसकी कैद से मुक्त करके धरती के बसने वालों को मेह दिया। पर साथ ही बल के मद में चूर हो अपने पिता को टखनों से पकड़कर गिराया और मार दिया। कहते हैं—उसकी माता रोती रही, पर उसने अपने पिता को मारकर उसका राज-काज संभाल लिया। इतिहास का यही वह समय था, जब मानव का बल-प्रयोग अस्तित्व में आया। यद्यपि उसका एक पहलू राक्षसों की विजय भी माना जाता है, उसका दूसरा पहलू—सत्ता की लालसा—भी प्रत्यक्ष है, जिसमें पिता जैसे रिश्ते का वध भी सम्मिलित है। सो, मानव-शक्ति का उपयोग और दुरुपयोग मानव-समाज का अभिन्न अंग बन गया। यहां पौराणिक साहित्य यह भी बताता है कि इन्द्र देवता ने सोमरस त्वष्टा देवता से छीना था। सो, बल-प्रयोग से इच्छित वस्तुओं को छीनकर ग्रहण कर सकना भी मानव-समाज के विचार में सम्मिलित हो गया।

इसी प्रकार सोमरस, जो आरंभ में शक्तिदायक माना गया था, आगे चलकर ऐसा नशा भी सिद्ध हुआ जिसके मद में अनेक भयानक कर्म होने लगे। पौराणिक साहित्य में ब्रह्मा इस नशे की भर्त्सना करता हुआ भी बताया गया है—क्योंकि उसने स्वयं इस नशे में अपनी पुत्री से संभोग किया, और नशा उतरने पर पश्चात्ताप करने लगा—और इस प्रकार शक्ति के उपयोग तथा दुरुपयोग की भांति सोमरस का भी उपयोग और दुरुपयोग अस्तित्व में आया।

पौराणिक साहित्य पूज्य-चिह्नों में दो देवियों का वर्णन भी करता है—उषा और रात्रि का। किरमिची वस्त्र पहने, और सिर

पर सोने का पल्ला लिए हुए उषा—और चमकते हुए तारों से जड़े काले रंग के वस्त्र पहने हुए रात्रि। पौराणिक साहित्य ने इन दोनों को मनुष्य जाति का मित्र कहा है। पहली, मनुष्य में जीवन का संचार करती है; और दूसरी, उसके थकित अंगों को विश्राम दिलाती है। दोनों का कर्तव्य मनुष्य को 'भय-रहित' करना है।

इतिहास का यह काल-विशेष ध्यान की मांग करता है। क्या यह जीवन के एक से दो होते हुए दृष्टिकोण स्पष्ट नहीं करता, जो उस समय एक सामाजिक निमिति का आधार बन रहे थे? ऐसा प्रतीत होता है कि मानव-समाज का पुरुषोन्मुख दृष्टिकोण शक्ति की भयजनक दिशा की ओर जाने लगा, और नारी-उन्मुख दृष्टिकोण भय रहित जीवन की इच्छा की ओर।

सामाजिक निमिति के इतिहास में सबसे बड़ा मोड़ उस समय आया, जब पूज्य देवताओं की शक्ति को पूजने वालों ने अपने हाथ में ले लिया, और देवता अपनी सत्ता के लिए पुजारियों के आश्रित हो गए। इसी मोड़ पर आकर ज्ञान और उसका व्यवहार एक-दूसरे से अलग होने लगे।

अफ्रोदिती एक यूनानी देवी थी, जो रोमन लोगों की वीनस जैसी कही जा सकती है। यह देवी शक्ति स्त्री-पुरुष के शारीरिक मिलन की पवित्रता का प्रतीक समझी गई, जिसके माध्यम से मनुष्य को वह ज्ञान प्राप्त होता था जो देवताओं को प्राप्त होता है—क्षणिक प्रकाश।

साइप्रस और कोरिन्थ में अफोदिती के मन्दिरों में 'पवित्र वेश्याएं' पुजारिनों के रूप में रहती थीं। जो पुरुष पूजा करने आते थे, पुजारिनों के शरीर से शारीरिक सुख की सीमा को छू लेते थे। यह सब क्योंकि मन्दिर के अञ्चल में होता था, इसे धार्मिक

रीति माना जाता था—शारीरिक और आध्यात्मिक अनुभव।

इस देवी को केवल प्रेम से ही सम्बद्ध नहीं किया गया। अनेक रूपों में यह समुद्री नाविकों की रक्षा करने वाली देवी भी थी, और अस्त्र-शस्त्र से सुसज्जित देश की रक्षिका देवी भी थी; परन्तु कवियों और दार्शनिकों की रचनाओं में यह केवल 'गॉडेस ऑफ पैशन' मानी गई है।

हाइमैट्टस उसके मन्दिर के निकट एक झरना बहता है। उसका पानी पीने वे स्त्रियां जाती हैं, जिनकी कोख सूनी होती है। हर्मिओन स्थित अफ्रोदिती के मन्दिर में लड़कियां विवाह से पहले जाकर अपना कुंआरपन चढ़ाती हैं।

पौराणिक साहित्य में इस देवी का संबंध प्रेम से नहीं, बलात्कार से माना जाता है, और निष्ठा-भंग से भी (जिसके उदाहरण के रूप में इस देवी का अपने पति के अतिरिक्त पर-पुरुष से संबंध का उल्लेख किया जाता है)। परन्तु होमर ने इसे प्रेम की देवी के रूप में प्रस्तुत किया—कदाचित् अपने समय से पहले की बलात्कार की गाथा को सुधारकर।

किन्तु इसका पहला पुरातन रूप सर्वथा शारीरिक मिलन से संबंधित था—इसलिए मन्दिरों में पूजारियों के शरीर को लोग रस्म के तौर पर स्वीकार करते थे।

यह भी अनुमान किया जाता है कि यूनान में यह प्रथा पूर्व से आई। कदाचित् साइप्रियन नगर इसका सर्वप्रथम केन्द्र था। वहां इसे 'साइप्रिस' कहा जाता था।

ग्रीक शब्द 'अफ्रो' का अर्थ झाग है—इस देवी को झाग से उत्पन्न कहा गया। कोरिन्थ के पास इसकी मूर्ति झाग से निकलती हुई दिखाई गई है। गाथा है—क्रोनस ने जब अपने पिता यूरेनस का

वध किया और उसका लिंग काटकर समुद्र में फेंक दिया, तो उसके आग से यह उत्पन्न हुई। इसने जब पहला पग साइप्रस की धरती पर रखा तो वहां घास उग आई। इस कारण उसे धरती के उपजाऊपन से संबंधित किया गया। फिर शायद धरती की फसलों के कारण इसका सम्बन्ध शरीर के उपजाऊपन के साथ भी जोड़ दिया गया। यह प्रेम और जन्म की देवी मानी गई। और कदाचित् यही संसार के मनुष्य-समाज में वेश्या का प्रथम रूप था, धर्म से जुड़ा हुआ (जिस प्रकार भारत में देवदासियों का था) और फिर यही रूप बदलकर अनेक स्थानों पर बहु-विवाह की गणना में आया और अनेक स्थानों पर पृथक् ही रहा।

बहु-विवाह का इतिहास

बहु-विवाह की प्रथा आज सबसे अधिक अफ्रीका में प्रचलित है। युगांडा के बादशाह मुतैसा की, कहते हैं, सात हज़ार पत्नियां थीं।

प्राचीन काल में चीन में एक कानूनी पत्नी की भांति रखैलें और वेश्याएं भी कानूनी पत्नियां मानी जाती थीं।

जापान में भी, चीनी ढंग के अनुसार, वेश्याएं कानूनी पत्नियां थीं—सन् 1880 ई० तक।

मिस्र में बहु-विवाह केवल बादशाहों तक सीमित था।

बैबिलोनिया के कानून के अनुसार पुरुष का केवल एक विवाह वैध माना जाता था (रोगी और बांझ पत्नी की दशा में नहीं)।

हिब्रू जाति में पुरुष अनेक विवाह कर सकता था और सभी पत्नियां कानूनी मानी जाती थीं, और उनकी गिनती कितनी ही हो सकती थीं।

अरब में हज़रत मुहम्मद ने एक पुरुष की चार पत्नियां वैध करार दी थी।

भारतवर्ष में वैदिक काल में वैसे तो केवल कबीलों के मुखिया और राजा ही इस रिवाज को व्यवहार में लाते थे, हिन्दू विधि में कहीं इसकी मनाही लिखी हुई नहीं मिलती। हां, एक-विवाह को

श्रेष्ठ मानने के प्रमाण मिलते हैं।

यूनान में एक-विवाह को सदा वैध समझा गया। एथेन्स में वेश्यालयों का प्रमाण मिलता है, परन्तु बहु-विवाह की प्रथा से सर्वथा असंबंधित।

रोमन कानून में केवल एक विवाह की आज्ञा है। विवाह के बाहर के संबंध प्रायः होते हैं, पर वे कानून के भी बाहर होते हैं।

खिष्टीय यूरोप में बहु-विवाह के प्रमाण मिलते हैं, विशेषकर राजपरिवारों में। छठी शताब्दी के मध्म में, आयरलैंड के राजा की दो रानियां थीं और दो वेश्याएं भी थीं। उस काल के पादरियों में भी बहु-विवाह के प्रमाण मिलते हैं। सन् 1650 ई0 में यूरोप के तीस वर्षीय युद्ध के पश्चात् जब जनसंख्या बहुत कम हो गई तो नूरेनबर्ग में प्रस्ताव पारित किया गया कि प्रत्येक पुरुष को दो विवाह करने की आज्ञा अवश्य दी जाए।

यह बात स्पष्ट है कि इस बहु-विवाह की प्रथा के पीछे स्त्री के गर्भवती हो जाने की दशा में पुरुष का उसके साथ से काफी समय के लिए वंचित हो जाना, और अपनी शारीरिक आवश्यकता को भी अनुभव करना एक कारण है, और बहुत बच्चों की आवश्यकता भी एक कारण है, परन्तु सबसे बड़ा कारण और ही है—और वह है, एक धनी पुरुष का अपने लिए अधिक से अधिक सुख खरीदने का चाव—जो धीरे-धीरे उसके धनी होने के प्रदर्शन की भांति समाज में उच्च और विशेष सुविधाओं को मानने वाले मनुष्य का चिह्न बन गया। और इस प्रकार पत्नी की स्थिति सदा पति के विचार पर निर्भर रही—अर्थात् यह कि वह समूचे पति की पत्नी हो, अथवा वह पति को अनेक पत्नियों के साथ बांटकर ग्रहण करे। (स्त्री के बहु-कंती होने के प्रमाण मिलते हैं, परन्तु बहु-कंती होने

की पृष्ठभूमि स्त्री की इच्छा नहीं, पुरुष की आर्थिक दशा है। यह प्रायः वहां होता रहा, जहां बहुत-से भाई थोड़ी-सी भूमि के स्वामी होते थे। और न भूमि को बांटा जा सकता था और न उसपर बहुत-से भाइयों की बहुत-सी पत्नियों का, और न उनके बहुत-से बच्चों का खर्च डाला जा सकता था।)

धनी पुरुष के बहु-विवाह की चाह ने वेश्या को भी कभी समाज की ऊंची हैसियत की अधिकारिणी बना लिया और कभी उसे उस अधिकार से वंचित कर दिया।

विवाह को खून के नज़दीकी रिश्तों में होने से रोकने के लिए वर्जित-भोग के कानून बनाए गए, परन्तु दूर के रिश्तों की छूट भी स्पष्ट रूप से दी गई। ब्रिटेन और कामनवेल्थ के कानून में यह स्पष्ट है कि पुरुष यदि चाहे तो मृत पत्नी की बहन से, या अपने भाई की विधवा से, या अपनी मृत पत्नी के भाई या बहन की पुत्री से, या अपनी माता या पिता के मृत भाई की विधवा से, या मृत पत्नी के पिता अथवा माता की बहन से, या अपने भाई या बहन के मृत पुत्र की विधवा से विवाह कर सकता है। इसी प्रकार स्त्री अपने मृत पति के भाई से, या अपनी मृत बहन के पति से, या अपने मृत पति के भाई या बहन के पुत्र से, या अपने पिता या माता की मृत बहन के पति से, या अपने मृत पति के पिता या माता के भाई से, या अपने भाई या बहन की मृत पुत्री के पति से विवाह कर सकती है।

पर 'वर्जित-भोग' के अर्थ भी दुनिया में सब जगहों पर एक-से नहीं हैं। इसके जाने-पहचाने अर्थ हैं—माता-पुत्र, पिता-पुत्री, और बहन-भाई के बीच शारीरिक सम्बन्ध वजित है। परन्तु न्यूगिनी के निकटवर्ती तरो-ब्रिएंड टापू के निवासी जहां अपनी बहन और माता से इस सम्बन्ध को पाप समझते हैं। वहां अपनी

पुत्री से इसे वर्जित नहीं समझते। इसके विपरीत काचिन (बर्मा के ठीक उत्तरी प्रदेश में बसी हुई जन-जाति) जहां अपनी बहन और पुत्री से यह संबंध वर्जित समझते हैं, वहां मां से नहीं (यद्यपि यह प्रचलित नहीं है)।

इसी प्रकार अनेक स्थानों पर अर्ध-भाई और अर्ध-बहन से यह संबंध उचित समझा जाता है और अनेक स्थानों पर अनुचित।

स्त्री की सम्पूर्ण दशा की भांति वेश्या और विधवा की दशा भी पुरुष-समाज की आवश्यकताओं के अनुसार बनी और बदली है। परन्तु एक अन्तर बड़ा प्रत्यक्ष है—वेश्या चाहे 'पवित्र वेश्या' के दर्जे से कालान्तर में उतर गई, और फिर कभी समाज का आदरणीय अंग न बन सकी, तब भी वह पुरुष की निरन्तर आवश्यकता बनी रही; और इसी कारण पुरुष उसे कभी मानसिक रूप से गुलाम नहीं बना सका।

इसका अर्थ यह नहीं कि वेश्या-जीवन की कठिनाइयां कम हैं, या उसका सामाजिक तिरस्कार, उसका आर्थिक संकट और उसके रोग-ग्रस्त होने का भय कम भयानक हैं; परन्तु वह पुरुष की आवश्यकताओं में से जन्मे उस दृष्टिकोण का प्रश्न है, जिसने विधवा के 'विधवा होने के अपराध' को इतना भयानक बना दिया कि विधवा स्त्री अपने तन और मन की आवश्यकताओं को अपने हाथ से मारकर समाज के दिए हुए संस्कारों की गुलाम बन गई।

समाज वेश्या को सब दुःख दे सका, पर मानसिक गुलामी नहीं दे सका; परन्तु विधवा को उसने मानसिक गुलामी भी दी।

समाज ने अपने पवित्र शगुनों की घड़ी में वेश्या को अपनी खुशी का साझीदार बनाया (भले ही रंगरलियों के रूप में ही), परन्तु विधवा की परछाईं को भी अपशगुन कहकर दूर रखा।

समाज ने वेश्या को उसके मन की आवश्यकताओं से वंचित रखा, पर तन की आवश्यकताओं से नहीं। परन्तु विधवा को मन और तन दोनों की आवश्यकताओं से वंचित कर दिया।

और इस प्रकार वेश्या भले ही समाज का निरादृत अंग बन गई, वह सदा समाज का एक जीवन्त अंग बनी रही। किन्तु विधवा वास्तविक अर्थों में समाज का मुर्दा अंग बन गई। (इसका मुख्य कारण यह है कि वेश्या के पास 'पवित्र वेश्या' होने का इतिहास है, परन्तु विधवा आरंभ से ही 'अपवित्र विधवा' है।) भारत में विधवा होने की पृष्ठभूमि भी वह है, जो उसने नहीं, पुरुष ने चाही है।

मृत पति की चिता पर जीते-जी जल जाने वाली स्त्री ने पुरुष के केवल इस आदेश के कारण मरना स्वीकार किया कि पुरुष को परलोक में भी उसकी आवश्यकता है, और परलोक में पुरुष अकेला कैसे रहेगा! महाभारत में भी इस विश्वास का और इस प्रथा का उल्लेख मिलता है। एक शताब्दी ईसापूर्व के एक यूनानी लेखक डायोडोरस सिकलस के पंजाब के संबंध में लिखे एक लेख में भी उल्लेख मिलता है कि चार शताब्दी ईसापूर्व यह सती की प्रथा वहां मौजूद थी, किन्तु वह केवल राज-परिवारों में प्रचलित थी, जन-साधारण में नहीं। यह केवल धनिक-पुत्रों के शौक और आदेश थे कि उनकी प्रिय वस्तुएं—उनके हाथी, घोड़े और पत्नी—उनके साथ ही इस संसार से जाने चाहिए।

राजपूतों के युद्ध-काल में यह प्रथा 'जौहर' के रूप में सामने आई, पर उसकी पृष्ठभूमि केवल यह थी कि उनकी स्त्रियां शत्रु की ज़ोर-ज़बर्दस्ती और अत्याचार से बच जाएं।

यह प्रथा, अपने भयानक रूप में, बंगाल के ब्राह्मणकाल में प्रचलित हुई, विशेषकर सन् 1680 ई० से सन् 1830 ई० तक के

समय में। यह काल उसी कर्म का प्रतिनिधि काल था, जब पूज्य देवताओं की शक्ति को पूजने वालों ने अपने हाथों में ले लिया, और संसार के धर्म-नेम का निर्णय भी अपने अधिकार में कर लिया।

पहले हुमायूं ने और फिर अकबर ने सती-प्रथा को हटाने का प्रयत्न किया, पर यह पूरी तरह ब्रिटिश शासनकाल में 7 दिसम्बर, सन् 1829 ई० को गैर-कानूनी करार दी गई (उसपर यद्यपि और तीस वर्ष तक अमल नहीं हो सका)।

सती-प्रथा के पक्ष में इक्का-दुक्का स्त्री के मन की वह दशा हो सकती है, जिसमें उसे अपने पति के बिना इस संसार में जीवित रहने से इनकार हो, परन्तु इस प्रथा की वास्तविक पृष्ठभूमि में विधवा-जीवन में होने वाली दुर्दशा से स्त्री की घबराहट थी। ऐसे उल्लेख बहुत मिलते हैं जब स्त्री ने जलती चिता से बाहर निकलने की कोशिश की और समाज के मुखियाओं ने उसे पकड़-कर फिर आग में डाल दिया। वास्तव में यह समाज के दिए हुए संस्कार होते हैं, जिन्हें कालान्तर में स्त्री अपने संस्कार समझने लगती है और इनसे हटकर कुछ भी सोचने की शक्ति खो बैठती है। (पराशर स्मृति के चौथे अध्याय में लिखा है कि जो स्त्री पति के साथ सती होती है, वह उतने वर्ष तक स्वर्ग में रहती है, जितने उसके पति के शरीर पर रोम हों।)

पुरुष-रचित ग्रन्थों में वही आदेश हैं, जो उसने अपनी आव-श्यकताओं के अनुसार चाहे हैं। इसीलिए ऐसा कोई आदेश कहीं भी किसी पुरुष के लिए लिखा हुआ नहीं मिलता।

यहां मैंने स्त्री जाति के दो समीपवर्ती छोर लिए हैं, यद्यपि इनके बीच में वह समूची स्त्री जाति है, जिसकी आवाज़ अपने दर्द से भरी हुई है।

एक मां, एक बेटी

"बात फिर बीच में रह गई। सब कुछ बना-बनाया धरा रह गया। यह सातवीं बार है, इस बार बहुत अच्छा संजोग बना था, तूने न जाने कैसी मूर्खता की। बोलती क्यों नहीं?" मां ने खीझकर कहा।

"मैंने कुछ नहीं किया···" पुत्री ने घबराकर उत्तर दिया।

"तेरा ब्याह कब होगा, किस तरह होगा, सोच-सोचकर मेरा जी डूबने लगता है। यह आदमी बड़ी उम्र का नहीं था, मुश्किल से तीस बरस का था। अगर कहीं तेरा रिश्ता जुड़ जाता, वह महीने की बंधी तनखाह तेरे हाथ में लाकर दे देता, तुझे और क्या चाहिए था···औरत को यही कुछ तो चाहिए···पर मैं जानती हूं, वह जब तुमसे मिला था, तूने ज़रूर कोई मूर्खता की होगी, उसने तभी तो 'नहीं' कर दी···"

"मैंने सचमुच कुछ नहीं किया था।"

"तू अच्छी-भली उसके साथ नाच रही थी, फिर तू दरवाज़े के पीछे चली गई।"

"उसने मुझसे कहा था···पर फिर वहां जब मैं उसके पास अकेली थी, उसने मेरा हाथ पकड़ लिया। उसने मुझे यहां कमर

से पकड़ लिया था···मैं बहुत डर गई थी, मैंने उसे धक्का देकर परे कर दिया···"

"तूने उसे धक्का दे दिया?" मां के माथे पर बल पड़ गया।

"पर मां! मैं क्या करती?"

"तुझे इतने बरस स्कूल में यही सिखाते रहे हैं? तुझे दरवाज़े के पीछे ले जाकर वह और क्या करता? तूने ब्याह का यह मौका भी गंवा दिया···अब तेरा कुछ नहीं बन सकता। तू अच्छी तरह जानती है कि तुझे विरसे में देने के लिए मेरे पास कुछ नहीं है, फिर तू मर्द को अपने बस में कैसे करेगी?···अच्छा, रो मत। मैं तुझे समझाती हूं। मैं तेरा हाथ पकड़ती हूं। घड़ी-भर के लिए समझ ले कि मैं मर्द हूं। तू अपने हाथ को ढीला रख। मर्द कोई ज्यादती करे, तो तू यह ज़ाहिर कर कि जैसे तूने देखा ही नहीं···फिर अपने हाथ से पंखी को नीचे गिरा दीजियो'"ताकि वह जब तुझे पंखी उठाकर देने लगे तो धीरे से तेरी उंगलियों के पोरुओं को छ ले···पर अपने हाथ को इस तरह अकड़ाकर मत रख। मर्द अगर कोई ज्यादती करेगा तो अच्छा है···फिर वह कहीं नहीं जा सकता..."

बेटी ने सिर नीचा कर लिया, लाज से भी और डर से भी।

[फ्रांसीसी लेखक एमिल ज़ोला की एक कहानी से]

आग : एक फैशन

बिन्दु की मां ज़िन्दा नहीं है, पर बहन ज़िन्दा है। बहन की ससुराल में सब कुछ है, पर पीहर में रूप भी नहीं था, धन भी नहीं था। इसलिए बहन ने अपने लिए भी बहुत संकोच के साथ घर में थोड़ी-सी जगह बनाई हुई है, बिन्दु के लिए कोई जगह किस तरह बना सकती है! आलों में, जालियों में, कोनों में, पिछवाड़े घर का कूड़ा-करकट इकट्ठा हो जाता है, इन्सान उसकी बहुत चिन्ता नहीं करता, लेकिन अगर किसी कोने में कोई फालतू लड़की है, चाहे वह घर की मालकिन की बहन ही हो, उसकी उस कोने में भी कोई जगह नहीं होती।

अन्त में घर के लोगों ने विवाह के देवता प्रजापति की शरण ली और बिन्दु के लिए वर खोज लिया। बिन्दु ने बहन से विनती करके कहा, "बहन, मैं तुम्हारे गाय-डंगर वाली कोठरी में पड़ी रहूंगी, पर मुझे इस तरह पराये घर मत भेजो।" बहन के सीने में दिल था, पर औरत के पास केवल दिल ही नहीं होता, शास्त्र भी होता है; कहने लगी, "पति स्त्री की मुक्ति होता है, तुझे यह मुक्ति केवल ब्याह में मिल सकती है।"

ब्याह हो गया। तीन दिन बीत गए। चौथे दिन देखा, बिन्दु

गाय-डंगर वाली कोठरी में एक कोने में बैठी हुई है। पता चला कि बिन्दु का पति पागल है, इसलिए बिन्दु उससे डरकर उसकी और उसकी मां की आंख बचाकर भाग आई है। पर बहन क्या कर सकती थी! बिन्दु को अगर पागल पति मिला था, तो ये उसके कर्म थे। सास ने भी आकर समझाया, "लड़का पागल सही, पर मर्द तो है।" और फिर संसार की सबसे कायर-कथा का उदाहरण दिया गया कि वह औरत धन्य थी, जिसने अपने कोढ़ी पति को कंधे पर उठा लिया था और उसके कहने के अनुसार उसे एक वेश्या के पास ले गई थी। और फिर बिन्दु को ससुराल भेज दिया गया। थोड़े ही दिनों बाद पता चला कि बिन्दु ने अपने कपड़ों में आग लगा ली और जलकर मर गई। सब खीझ उठे, और कहने लगे, "औरतों का कपड़ों में आग लगाकर मरना फैशन हो गया है। यह भी औरतों को एक अच्छा नाटक सूझा हुआ है।" न जाने आग का यह नाटक बंगाली स्त्रियों की धोती से ही क्यों खेला जाता है, यह नाटक बहादुर मर्दों के जामे से क्यों नहीं खेला जाता?

[रवीन्द्रनाथ ठाकुर की एक कहानी से]

औरत का मन होता तो था···

महुआ जब आई तो झालरसिंह एक कहानी सुना रहा था, "एक था चेलिक और एक थी युवती, दोनों की जाति मिलती नहीं थी, इसलिए समाज ने दोनों को अलग कर दिया। चेलिक का ब्याह होने लगा तो युवती रोई। चेलिक ने उसे दिलासा दिया, 'क्यों रोती है रानी? मैं तन किसी और को दूंगा, पर मन तेरे लिए ही रहेगा।"

"ठहर झालर! मैं एक बात पूछती हूं।" महुआ तड़ककर बोली। कहने लगी, "मैं पूछती हूं, तेरी कहानी का चेलिक तो यह कहकर छुट्टी पा गया कि मैं पत्नी को तन दूंगा, मन नहीं दूंगा। अगर यही बात युवती कहे तो?"

"पागल हो गई है महुआ! मैं कहानी सुना रहा हूं, कहानी कभी सच हुई है?"

"तो झूठी कहानियां सुन-सुनकर दुनिया भी झूठी हो गई है।"

"तू क्या पूछना चाहती है?"

"तू समाज का ठेकेदार है, इसलिए तुझसे पूछती हूं···"

"तो सुन, युवती यह बात नहीं कह सकती। तन और मन

का भेद सिर्फ मर्द के लिए होता है, औरत के लिए नहीं; क्योंकि औरत का मन होता ही नहीं···"

महुआ कितनी ही देर तक झालर के मुंह की ओर ताकती रही, फिर धीरे से बोली, "औरत का मन होता तो था, पर तुम मर्दों ने उसके मन को दीमक की तरह खा लिया है···"

[राजेन्द्र अवस्थी के उपन्यास 'जंगल के फूल' से]

ईश्वर की झूठी गवाही

"तारो! कोई सयाना तो बताता होगा, तुझे क्या हुआ है?"

"वर्क वाले मुरब्बे और अर्क की बोतलें पीते-पीते में थक गई हूं।"

"तूने अपनी जान को क्या रोग लगा लिया है?"

"बहन, तू काहे को चिन्ता करती है! मरूंगी तो धरती का भार हलका हो जाएगा।"

"कैसी बातें करती है! मां से कह, अभी तुझे ससुराल न भेजे।"

"बेटियों को कोई कितने दिन रख सकता है! बेटियों का क्या है, मां-बाप जिसके हाथ में चाहे, उसके गले की रस्सी पकड़ा दें।"

"शायद तुझे वहां का पानी माफिक नहीं आया।"

"लड़कियों को हमेशा पानी माफिक आते हैं।"

"मैं तेरी अपनी हूं, कुछ बताती क्यों नहीं?"

"मैं क्या बताऊं पूरो! बेटियों को कुछ कहने वाली ज़बान ही रब ने कहां दी है! मां-बाप के पास मेरे लिए जगह नहीं है, मर्द के पास भी मेरे लिए कौन-सी जगह है! उसका घर और उसका दिल किसी और औरत के बस में है।"

"तेरे मर्द का पहले भी एक ब्याह हो चुका है तारो?"

"ब्याह नहीं पूरो! उसने एक औरत को ऐसे ही घर में रखा हुआ है।"

"उसके मां-बाप को पहले खबर नहीं थी?"

"सब जानते थे। सिर्फ वह औरत उनकी जात की नहीं है, नीच जात की है। उसके मां-बाप कहते थे कि बहू घर में अपनी जात की ही आनी चाहिए।"

"पर उन्होंने यह न सोचा कि परायी बेटी का क्या हाल होगा?"

"वह कहते हैं, हम रोटी-कपड़ा देते हैं, खुला हाथ है, फिर किस बात का दुःख है। तू देखती नहीं? सब देखते हैं, पूरे दो बरस हो गए हैं, मैं रोटी-कपड़े के लिए उसे अपना शरीर बेचती हूं, मैं वेश्या हूं···।" तारो की मुट्ठियां भिंच गईं, उसका शरीर लकड़ी के पट्टे की तरह हो गया। पूरो उसके पांव दबाने लगी, उसके तलुवे सहलाने लगी।

"तू मुझे हाथ मत लगा···मैं वेश्या हूं···तू देखती नहीं···"

तारो की मां बाहर गई हुई थी। आई तो लड़की का यह हाल देखकर निढाल हो गई, "हाय रे, मैं क्या करूं! एक तो कर्मों ने मारा है, एक इसकी बातों ने मार दिया। देख, कैसी उलटी-सीधी बातें करती है!"

"पर अम्मा! इसके साथ कहर हुआ है।"

"बेटी! हमने अपनी बेटी दे दी, हमारा मुंह बन्द हो गया।"

"मेरा मुंह भी बन्द हो गया, मेरे पांव भी बंध गए। उसका क्या गया? उसे तो किसी रब ने नहीं बांधा, रब ने सारी रस्सियां मेरे पैरों में ही डाल दीं।" कहते हुए तारों की मुट्ठियां फिर भिंच

गईं। वह बिलखने लगी, "यह सब झूठ है, सब धोखा है, मेरा ब्याह नहीं हुआ। तुम सब झूठ बोलते हो मां! अगर रब ने मेरे ब्याह की गवाही दी है तो वह झूठी गवाही दी होगी।"

[अमृता प्रीतम के उपन्यास 'पिंजर' से]

विवाह का दृष्टिकोण और आर्थिक दशा

संसार में वह सामाजिक व्यवस्था भी है, जिसमें सन्तान को विरसे में मां का नाम मिलता है, बाप का नहीं। यह व्यवस्था संसार के कई भागों में मिलती है। भारत में यह असम की खासी पहाड़ियों के निवासियों में और मालाबार के नायर लोगों में है।

राजाओं-महाराजाओं के समय में पिता के तख्त से पुत्र का कोई संबंध नहीं होता था। इस सामाजिक व्यवस्था के अनुसार पिता की सम्पत्ति पुत्री या पुत्र को नहीं, उसकी बहन को मिलती है, इसलिए तख्त का वारिस बहन का पुत्र होता था।

इस समाज में विवाह के बाद लड़की ससुराल नहीं जाती। लड़का अपनी मां के घर रहता है और लड़की अपनी मां के घर— इस तरह बहू और सास का खानदान एक नहीं होता। अगर बेटी कभी अपनी ससुराल जाती है तो वह सिर्फ वहां तीन या चार दिन की मेहमान होती है। और जब जंवाई अपनी ससुराल जाता है, वह भी तीन या चार दिन का मेहमान होता है। बेटी को पीहर से 'दहेज' मिलने का और ससुराल से 'वरी' मिलने का कोई रिवाज नहीं है। बच्चे अपनी मां की सम्पत्ति के उत्तराधिकारी होते हैं। सम्पत्ति में लड़कियों का भी उतना ही हिस्सा होता है,

जितना लड़कों का। मां को यह सम्पत्ति अपने भाई से मिलती है, पति से नहीं। पति पर पत्नी के निर्वाह का कोई बोझ नहीं होता। पत्नी के निर्वाह का सारा उत्तरदायित्व उसके भाई पर होता है, क्योंकि वह ही उसकी सम्पत्ति की वारिस होती है।

विवाह पर कोई खर्च नहीं किया जाता; 'दहेज' को किसी पराये घर जाना नहीं होता, इसलिए लड़की की आवश्यकता के अनुसार उसकी मां उसे थोड़े-से कपड़े सिलवा देती है जो उसे अपने उसी घर में रहकर पहनने होते हैं। इसलिए वे कपड़े दिखावे के कपड़ों की तरह कीमती नहीं होते, रोज़ पहनने वाले साधारण कपड़े होते हैं। विवाह के लिए कोई आभूषण नहीं बनवाया जाता, क्योंकि सम्पत्ति में लड़की का भाग सुरक्षित होता है। खान-दान लड़की से चलता है, इसलिए हर खानदान में लड़कियों की बहुत कद्र होती है। जिस परिवार में लड़के बहुत हों, लड़कियां कम, उसे बहुत उदास परिवार समझा जाता है।

इस सामाजिक व्यवस्था की एक रस्म 'ताली' उल्लेखनीय है। लड़की जब तीन या चार साल की होती है, अड़ोस-पड़ोस के किसी पांच-सात साल के लड़के से धागे में बंधा हुआ सोने का एक टुकड़ा उसके गले में डलवा दिया जाता है। इस अवसर पर दावतें की जाती हैं। जो धागा गले में डालते हैं, उसे 'ताली' कहते हैं। लड़की इसे इक्कीस दिन या फिर चालीस दिन पहनती है, और फिर उतार देती है। इसका मतलब यह होता है कि वह लड़का अब इस लड़की का कुछ नहीं लगता। लड़की स्वतन्त्र है, बड़े होकर जहां चाहे, ब्याह कर सकती है। पश्चिमी कौमों में जैसे 'गॉडफादर' बनाया जाता है और जिस ईश्वरीय पिता की सम्पत्ति में बच्चे का कोई हिस्सा नहीं होता, उसी तरह इस कौम में एक 'ईश्वरीय

पति' बनाया जाता है—किन्तु कभी वह लड़की अगर बड़ी होकर विधवा हो जाए और मां की सम्पत्ति इतनी कम हो कि लड़की को निर्वाह की चिन्ता सताए तो इस 'ईश्वरीय पति' का कर्तव्य समझा जाता है कि वह औरत को किसी तरह बेसहारा न होने दे। इस दशा में भी वह केवल आर्थिक सहायता देने का अधिकारी समझा जाता है, किसी सांसारिक संबंध का अधिकारी नहीं।

इस सामाजिक व्यवस्था में न विधवा-विवाह पर कोई रोक है और न तलाक की मनाही है। विधवा स्त्री को पुरुष का साथ छूट जाने का दुःख होता है, पर उसकी आर्थिक दशा में कोई अन्तर नहीं आता। दूसरा विवाह करना या न करना उसकी अपनी इच्छा पर निर्भर करता है, परन्तु इसके संबंध में किसी प्रकार का सामाजिक निषेध नहीं होता। इसी प्रकार एक बार या एक से अधिक बार तलाक लेने में भी स्त्री को कोई कठिनाई नहीं होती। तलाक-प्राप्त स्त्री को किसी प्रकार के सामाजिक विरोध का सामना नहीं करना पड़ता।

प्रत्येक सामाजिक व्यवस्था का संबंध उसकी आर्थिक दशा से होता है। जिस समय मनुष्य की कमाई का साधन केवल खेती होती थी, उस समय यह व्यवस्था पूरी तरह इसी रूप में प्रचलित थी। अब नौकरीपेशा लोगों ने इसके व्यवहार का रूप थोड़ा-सा बदल दिया है। नौकरी के लिए दूर जाने वाले अपने पत्नियों को अपने साथ ले जाते हैं और इस तरह उनका दोनों घरों से अलग एक तीसरा स्वतन्त्र घर भी कुछ समय के लिए बन जाता है। किन्तु इस दशा में भी पति-पत्नी दो स्वतन्त्र जीवों के समान एकसाथ रहते हैं, न पत्नी अपने घराने के नाम को छोड़कर पति के घराने का नाम अपनाती है और न साथ बिताई जाने वाली

ज़िन्दगी के आवश्यक खर्चों को छोड़कर, पति की सम्पत्ति में अपना कोई हिस्सा समझती है।

एक नायर स्त्री के कथनानुसार उसके समाज की यह व्यवस्था उसका सौभाग्य है। उसका कथन है, "आसपास के ब्राह्मण-समाज की स्त्री को देखकर या बाकी हिन्दू समाज की स्त्री को उसकी दीन दशा में देखकर हम नायर स्त्रियां कांप उठती हैं। हमारे यहां कभी किसी मां को दहेज की चिन्ता ने नहीं सताया। हमारी किसी लड़की को कभी सास के कठोर स्वभाव से वास्ता नहीं पड़ा और हमारे यहां की कोई स्त्री जीवन-निर्वाह के लिए कभी अपने पति की मुहताज नहीं हुई।"

एक संवाददात्री की लेखनी से

पिछले दिनों इटली के एक समाचारपत्र ने अपनी एक संवाददात्री को संसार में स्त्री-जाति की दशा का अध्ययन करने के लिए भेजा था। इस संवाददात्री का कथन है कि मलाया के जंगलों में उसने उस समाज की स्त्रियां देखीं, जिसकी व्यवस्था में प्रत्येक परिवार की मुखिया स्त्री होती है। इस इटैलियन स्त्री ने समाज की उसी व्यवस्था का वर्णन किया है, जो नायर जाति के समाज की सी है।

इटैलियन संवाददात्री के शब्दों में : स्त्रियां छोटी, दुबली और पक्के रंग की थीं। उनकी आंखें बादाम के आकार की थीं, और नाकें कुछ चपटी-सी। लगता था, उनमें मलायी, चीनी, जापानी, भारतीय और अरबी कौमों का मेल है। वे स्वभाव की लजीली थीं। उन्होंने मुझे जिस झोंपड़ी में बिठाया, वह बहुत साफ और बड़ी थी। उसमें खजूर के पत्तों की चटाई बिछी हुई थी। एक कोने में पुराने ढंग का ग्रामोफोन रखा हुआ था और एक कोने में सिलाई की मशीन।

"आपके पति कहां हैं?"

"अपनी मां के घर।"

"क्या मतलब?"

"उन्हें लकड़ी चीरना भी नहीं आता, चावल बीनना भी नहीं आता, इसलिए वह शहर में नौकरी करने के लिए नहीं गए, अपनी मां के पास रहते हैं।"

"और इन सब औरतों के पति?" मैंने पूछा, क्योंकि आस-पास मुझे कोई मर्द दिखाई नहीं दिया था। बच्चे थे, जो इस बात का प्रमाण थे कि कहीं मर्द भी होंगे।

"बहुत-से अपनी माओं के घर हैं, बहुत-से नौकरी करने शहर गए हुए हैं।"

"वे यहां कभी नहीं आते?"

"महीने में एक-दो बार आते हैं, एक-दो दिन रहते हैं, हम उन्हें हर समय अपने साथ बांधकर क्यों रखें?"

जमीला कुछ पढ़ी-लिखी थी। वह एक बार कुआलालम्पुर परीक्षा देने गई थी; पर उसका कहना यह था कि उसे शहर में रहना पसन्द नहीं था। उसे यहां का जंगल बहुत प्यारा लगता था।

"औरत घर को कैसे चलाती है?" मैंने पूछा।

"क्यों? क्या आपके यूरोप में औरत घर की मुखिया नहीं होती?"

"नहीं, हमारे यूरोप में घर का मुखिया पुरुष होता है।"

जमीला चकित-सी हो गई और सोच में पड़ गई। फिर कहने लगी, "क्या मतलब? औरत ब्याह के बाद मर्द के घर चली जाती है? और जब औरत का जन्म होता है, उसका नाम अपनी मां के घराने के नाम पर नहीं होता? क्या उसका नाम उसके पिता के घराने पर होता है?"

"हां, बिलकुल इसी तरह।" मैंने उत्तर दिया।

मैं जब वहां से वापस लौटी तो मुझे लगा कि मैं धरती के एक बहुत खुशी से भरे कोने से वापस लौट रही हूं।...

विवाह का हर दृष्टिकोण मनुष्य की आर्थिक दशा से संबंधित होता है। नायर जाति का दृष्टिकोण अब बदल गया है। अब नायर स्त्रियों का कहना है, "जब जीवन-निर्वाह का साधन केवल भूमि होती थी, नायर लड़कियों के विवाह दूर नहीं करने पड़ते थे। तब वे विवाह के बाद भी मां के घर रह सकती थीं, पड़ोसी खेतों के स्वामी, उनके पति, उनसे मिलने के लिए आसानी से आ-जा सकते थे। पर अब जीवन-निर्वाह का बड़ा साधन नौकरियां हैं, इनके सिलसिले में दूर जाना पड़ता है। पति-पत्नी का एक-दूसरे से जल्दी मिल सकना संभव नहीं होता, इसलिए पति अपनी पत्नियों को अपने साथ नये शहरों में ले जाना चाहते हैं। इस तरह बच्चों को भी बरसों अपने पिता के घर रहना पड़ता है। इस तरह उनके निर्वाह का सारा खर्च अब पिता के सिर पर आ जाता है। इसलिए सम्पत्ति के उत्तराधिकार की पहली रीति अब पूरी तौर पर व्यवहार में नहीं आ सकती, इसलिए वह दिन-दिन बदल रही है—पहले शिक्षा नहीं दी जाती थी, इसलिए घर पर शिक्षा का खर्च नहीं पड़ता था। पर अब बहुत महंगी शिक्षा की आवश्यकता हो गई है, इसलिए लड़कों की शिक्षा पर बहुत खर्च करने वाले माता-पिता उनके विवाह के समय दहेज की मांग करने लगे हैं। दहेज की इस मांग से भी पहली रीति टूट रही है।"

औरतपन का पासंग

मेरे पिता की 'मर्द-मर्ज़ी' के आदर में मेरी मां ने कभी कोई कमी नहीं आने दी, पर छुटपन में ही मुझे लगता था कि जैसे पार्वती ने अपने शरीर के मैल को इकट्ठा करके एक पुतला (गणेश) बना लिया था, उसी तरह मेरी मां ने अपने मन के सारे रोष को इकट्ठा करके मेरा बुत घड़ लिया था और खुद रंचमात्र रोष से भी निवृत्त हो गई थी।

मनाहियों के बन्द कमरे में मेरी सांस घुटती रहती थी, शायद इसीलिए मैं आरंभ से ही हर समय सपनों की खिड़की में बैठी रहा करती थी। मेरी उम्र की लड़कियां जैसे सलाइयां लेकर स्वेटर बुनती रहती थीं, वैसे ही मैं गीतों की पंक्तियां जोड़ती रहती थी।

मेरे गीतों को मेरे गीत मानने से लोग इनकार करते थे। इस अविश्वास ने मेरे स्वाभिमान पर जो वार किया, उसने मेरी रीढ़ की हड्डी में एक रोष भर दिया था।

समाज के वार मेरे साथ-साथ चलते आ रहे हैं, यद्यपि यूं तो चाहे यह कुछ वर्षों के बाद अपना रूप बदल लेते हैं, या यूं कहूं कि अपने हाथ का हथियार बदल लेते हैं। 'अविश्वास' का हथियार समाज ने कुछ वर्षों के बाद परे रख दिया था और अपने हाथों में

'गालियों जैसे विरोध' का नया हथियार ले लिया था, क्योंकि मेरे गीतों की तल्खी में उसे एक परम्परागत रस नहीं मिलता था।

वैसे तो समाज अपने सिक्कों को खोटा कहने वाले हर साहस पर वार करता है, पर जब यह साहस किसी औरत ने किया हो, तो समाज का मुंह से झाग-झाग हो जाता है और वह सारे तर्कों को एक ओर हटाकर जैसे अपने हाथों में 'कीचड़' का हथियार उठा लेता है। इस वार को केवल एक वही औरत समझ सकती है, जिसने खुद कभी यह वार झेला हो। वास्तव में वह वार औरत पर नहीं, औरतपन पर होता है।

कुछ वर्षों के बाद समाज ने फिर हथियार बदल लिया। यह नया हथियार एक 'पासंग' था—मेरी जवानी का, शक्ल का; और औरतपन का 'पासंग'—जो मेरी हर कविता और कहानी को तोलते समय समालोचना के तराज़ू में रख दिया जाता था।

विरोध के हाथों ने यूं तो कई हथियार बदल-बदलकर देखे हैं, परन्तु 'कीचड़' का हथियार उसे सबसे अधिक आराम का लगा है, इसलिए अब उसने इसके अतिरिक्त और सब हथियार आज़माना छोड़ दिया है।

हर देश में इस जैसी कहानियां हैं; और इनसे कहीं अधिक गिनती में वे हैं, जो काग़ज़ों, किताबों की स्याही में होकर नहीं गुज़रतीं। वे केवल औरतों के शरीरों में, और शरीरों में जो एक दिल होता है, उसमें होकर गुज़रती हैं।

[अमृता प्रीतम की जीवनी 'काला गुलाब' से]

लोहे की तितलियां

ईरान, ईराक, मोरक्को या पाकिस्तान—किसी भी मुसलमान मुल्क में पहुंचकर एक पश्चिमी औरत को सबसे पहला खयाल यह आता है कि दुनिया में बाढ़ आई थी, संजोग से अकेली वह एक औरत बच गई है, बाकी सब औरतें उस बाढ़ में डूब गई हैं। रात को आठ बजे एयरपोर्ट से होटल जाने वाली बस में कोई औरत नहीं होती। होटल के दालान में या सीढ़ियों पर कहीं कोई औरत दिखाई नहीं देती। कमरे की झाड़-पोंछ करने के लिए भी कोई औरत नहीं होती। कपड़े धुलवाने या इस्तरी करवाने हों, तो भी होटल का कोई मर्द यह काम करता है, और अगर पहने हुए कपड़े के पिछले बटन बन्द करने के लिए किसीसे कहने की ज़रूरत पड़े तो वह भी किसी मर्द से कहना पड़ता है।

दिन की रोशनी में औरतें गलियों और बाज़ारों में निकलती हैं, पर बुरके में लिपटी हुई वे किसी डरावने सपने की तरह लगती हैं। और बाज़ारों में से गुज़रते हुए मुझे लगता था कि बिना चेहरे की, बिना आवाज़ की काली गठरियां मेरा पीछा कर रही हैं। और इस तरह मुंह खुली, बांह खुली और टांग खुली पश्चिमी औरत को लगता है कि हज़ारों आंखें मिलकर उसके शरीर के कपड़े उतार

रही हैं।

इस्लामी आकाश पर अच्छा-खासा सूरज होता है; सूरज, जो बहुत चमकता है; पर मुसलमान औरतें इस सूरज को नहीं देख सकतीं। वे कोख के अंधेरे से निकलकर पीहर के घर के अंधेरे में घुस जाती हैं, और फिर पीहर के घर के अंधेरे से निकलकर ससुराल के घर के अंधेरे में चली जाती हैं, और फिर ससुराल के घर के अंधेरे से निकलकर कब्र के अंधेरे में विलीन हो जाती हैं।

हिन्दुस्तान में धीरे-धीरे आप वहां की मंद गति से परिचित हो जाते हैं। यह मंद गति हर चीज़ को लोरी देकर सुला देती है, यहां तक कि आज के काम को कल पर उठाकर उसे भी कुछ समय के लिए सुला देती है। कलकत्ते के बाज़ारों में गरीब लोग भेड़ों के साथ मिले-जुले पटरियों पर सोते हैं। गंगा के किनारे खड़े होकर आज भी औरतें अपने बच्चों की लाशें पानी की लहरों में डालती हैं, और अपनी किनारी में बंधे हुए अन्तिम रुपये को भुनाकर उन मन्दिरों की मूर्तियों के आगे फूल चढ़ाती हैं, जो फिज़ूलखर्च लखपतियों ने अपने नाम की प्रसिद्धि के लिए बनवाए हैं। और फिर कपड़े पहने हुए गंगा में डुबकी लगाकर और एक चुल्लू पानी पीकर अपने उन पापों को धोती हैं, जो उन्होंने कभी किए ही नहीं। और फिर काली के मन्दिर में एक पत्रहीन पेड़ पर गांठे बांधकर पुत्र की मुराद मांगती हैं।

हिन्दुस्तान की जनसंख्या पचास करोड़ से अधिक है। पुरुष स्त्रियों से दस प्रतिशत अधिक हैं। इस प्रकार स्त्रियां बीस करोड़ से अधिक ही होंगी। इन उदास और असील औरतों की आंखों में अनकिए अपराध के दंड का भय भरा हुआ है—संसार में शायद कहीं भी इतनी भली, छबीली और नम्र औरतें नहीं होंगी—पर

एक उलटी बात यह भी है कि हिन्दुस्तान की औरतें गवर्नर भी हैं, म्यूनिसिपल प्रधान भी; राजदूत भी, और विधायक भी। इसके अतिरिक्त अनेक स्त्रियां डॉक्टर हैं। भले ही हिन्दुस्तान की 'मिस इंडिया' इन्द्राणी का कथन है कि मिस इंडिया चुना जाना उसके जीवन का सबसे उदास अनुभव था, फिर भी यह हिन्दुस्तान की सब्र वाली औरत की आवाज़ का प्रभाव है कि जहां फ्रान्स और इटली की औरतों को 1946 में मत देने का अधिकार मिला, हिन्दुस्तान की स्त्रियों ने यह अधिकार 1637 में ले लिया था, और 1953 में फिर उन्होंने हिन्दू मैरिज एक्ट पास करवा लिया था, जिसके अनुसार पुरुष को एक से अधिक विवाह करने की आज्ञा नहीं है। और फिर 1956 में उन्होंने विधवा-विवाह का कानून पास करवा लिया। हिन्दुस्तान में समय दौड़ता नहीं, रेंगता है, और नये कानून उसी चाल से लागू होते हैं; पर फिर भी मुझे अगर औरतों को तितलियां कहना हो तो मैं हिन्दुस्तान की औरतों को 'लोहे की तितलियां' कहूंगी। उनमें सब्र-सन्तोष की मात्रा इतनी अधिक है, जितनी और कहीं की औरतों में नहीं है।

[इटैलियन संवाददात्री ओरियाना फैलसी के लेख से]

एक छलिया हथियार

"औरतपन : एक छलिया हथियार"—फ्रान्सीसी लेखिका सिमन द बुवा की लेखनी से :

इस बात के अनेक उदाहरण हैं कि कुछ समय के लिए एक श्रेणी दूसरी श्रेणी पर हावी हो जाती है। इसका कारण प्रायः गिनती का अन्तर होता है। बहुसंख्या अल्पसंख्या पर अपनी इच्छा लागू कर देती है, परन्तु अमरीका के हब्शी और यहूदियों की भांति इस दुनिया में औरत को अल्पसंख्यक श्रेणी की नहीं कहा जा सकता। धरती पर उतनी ही औरतें हैं, जितने मर्द।

इतिहास यह बताता है कि दुर्बल बलवान के आगे झुक जाता है। पर ऐसी दशा में झकने वाले के पास एक बिसरी हुई याद होती है, कभी उसने भी ऐसा समय देख रखा होता है, जिसमें वह बलवान का साझेदार था—परम्परा में साझेदार, धर्म में साझेदार, या सभ्यता में साझेदार। पर सम्पूर्ण इतिहास में औरत से संबंध रखने वाली ऐसी कोई घटना नहीं मिलती। रानियों-महारानियों को छोड़, औरत सदा मर्द के अधीन रही है। इससे कदाचित् यह प्रतीत होगा कि यह दशा स्वाभाविक है और इसमें किसी प्रकार के परिवर्तन की कोई गुंजाइश नहीं है। औरत अगर कभी 'ज़रूरी'

नहीं बन सकी तो इसका कारण है, और वह यह कि यह परिवर्तन वह स्वयं नहीं ला सकी।

लोग अपने-आपको 'हम' कहते हैं। हब्शी भी 'हम' कहते हैं ; पर औरतों ने कभी अपने-आपको 'हम' नहीं कहा। अगर कहा है तो सिर्फ किसी कॉन्फ्रेन्स के अवसर पर कहा है। औरतों ने एक चिह्नमयी चर्चा से अधिक कभी कोई प्रयत्न नहीं किया। औरतों ने सिर्फ वही प्राप्त किया है, जो मर्दों ने अपनी इच्छा से उन्हें दिया है। इस तरह औरतों ने कभी कुछ लिया नहीं, केवल ग्रहण किया है।

इसका कारण यह है कि औरतों के पास अमली साधन नहीं हैं। वे पुरुष के जीवन में बिखरी हुई हैं। वे घरों, घरेलू कामों और आर्थिक तथा सामाजिक परिस्थितियों के द्वारा औरतों से नहीं, मर्दों से संबंधित हैं। ये मर्द चाहे पिता के रूप में हों, चाहे पति के रूप में। अमीर घरों की औरतें अमीर घरों के मर्दों से संबंधित होती हैं, गरीब घरों की औरतों से नहीं। अगर वे गोरी नस्ल की हों, तो काली नस्ल की औरतों से उनका कोई सम्बन्ध नहीं होता। अन्य किसी श्रेणी के लोग करवट लेने का स्वप्न देख सकते हैं, पर औरत का अपने से अधिक ज़ोरावर से जो सम्बन्ध है और जो बन्धन है, उसकी और किसी श्रेणी से तुलना नहीं की जा सकती।

जब लड़की का जन्म होता है, उसके माता-पिता, उसके अध्यापक, और उसका समाज उसके भाग्य की रूपरेखा बना देते हैं। लड़के को प्राप्त सुविधाएं, उसके अस्तित्व की अहमियत, उसका आचरण और दुनिया से उसका संबंध उसकी आन्तरिक स्वतन्त्रता को पुष्ट करते हैं। वह अपने शरीर को शासकीय आच-

रण का साधन समझता है और दूसरों से जूझने का हथियार। और इस प्रकार वह आरम्भ से ही धक्कों और कष्टों को सहने का ढंग सीखता है। आंसू उसकी शान नहीं गिने जाते। वह साहस जुटाता है, उसे निर्णय करने की आदत पड़ती है, और इस प्रकार वह कार्य के द्वारा अपने अस्तित्व को गढ़ता है। किन्तु लड़की को आरम्भ से ही बताया जाता है कि वह एक वस्तु है, और उसे एक वस्तु के नाते औरों को खुश करके अपना मोल लगवाना है। और इस प्रकार वह मांस की गुड़िया जब कभी दुनिया को जानने और समझने के लिए अपनी स्वतन्त्रता को व्यवहार में लाती है तो उसके साधन उसे अपने भीतर ही नहीं मिलते।

मां का अपनी पुत्री से संबंध एक अजीब उलझन है। मां के लिए बेटी उसका दूसरा रूप भी है, और दूसरा इन्सान भी। इसलिए रिश्ते की बुनावट में प्यार और गुस्सा दोनों बुने हुए होते हैं। वह बेटी को अपने भाग्य की चिरकालीन लकीरों पर डाल देती है। इसमें उसका अभिमान और उसकी बदले की भावना दोनों मिले हुए होते हैं। वही अमल, जो जुआरियों और नशेबाज़ों का अमल होता है। चाहे कोई बुद्धिमान मां सचमुच अपनी बेटी का भविष्य अपने से अलग सोचती है, तब भी उसे औरत की प्रचलित लकीर पर डालने में ही भलाई समझती है, क्योंकि इस प्रकार उसे समाज आसानी से स्वीकार कर लेता है। और उसके लिए वही पुस्तकें और वही खेल चुने जाते हैं जो उसे उसकी दूसरों के द्वारा सोची हुई किस्मत के हवाले कर दें। उसके लिए कसे हुए झालर वाले नुमाइशी कपड़े तैयार किए जाते हैं, और इस तरह वह एक ही समय में दासी भी बन जाती है और देवी भी।

बचपन से उसके कानों में यह कहानी बसी हुई होती है कि

औरत सोई हुई सुन्दरता है। जवान मर्द दैत्यों से लड़ता है, राक्षसों को मारता है, और अन्त में उसे किसी महल की मीनार में से, या किसी कन्दरा में बांधकर रखी हुई को छुड़ा लेता है, और वह आंखें मींचकर अपने सपनों के राजकुमार की प्रतीक्षा करने लगती है। अपने मुक्तिदाता की बड़ी आशा और बड़े धैर्य से कल्पना करने लगती है। और इस प्रकार पुरुष की बहादुरी के बारे में सोचते-सोचते उसकी अपनी आंखों में अपनी जिस खूबी की अहमियत रह जाती है, वह उसकी एक ही खूबी होती है—उसकी सुन्दरता। और इस प्रकार जीवन से जूझने के लिए औरत के हाथों में एक ही हथियार रह जाता है—उसका औरतपन : सदा के कमज़ोर और गुलाम व्यक्ति के अविश्वास का बड़ा छलिया हथियार, जिसे कभी वह पूजने लगती है और कभी उससे नफरत करने लगती है।

औरत का 'वर्तमान' वही है, जिसके लिए उसकी मां ने, उसके बचपन के खेलों ने, और उसकी अल्हड़ तरंगों ने उसे तैयार किया था। मनुष्य-समाज में कुछ भी प्राकृतिक नहीं है, सब कुछ बनती-बदलती सभ्यता की देन है। औरत अपने रासायनिक तत्त्वों का सार नहीं है, न ही किसी रहस्यमयी अन्तर्पेरणा का; बल्कि उसका शरीर और दुनिया से उसका नाता, जो कुछ और जिस तरह दूसरों के द्वारा सोचा और ढाला जाता है, वैसे ही उसको बनाता है। मात्र आर्थिक स्वतन्त्रता नारी की स्वतन्त्रता के लिए काफी नहीं है, यद्यपि यह स्वतन्त्रता सदा एक बहुत बड़ा सच रही है और रहेगी। पर जब तक आर्थिक स्वतन्त्रता नैतिक, सामाजिक और सांस्कृतिक परिवेश से जुड़कर सामने नहीं आती, तब तक कोई बड़ा परिवर्तन नहीं हो सकता...

बालज़ाक के शब्दों में, स्त्री को दासी का स्थान देकर उसके

मन में उसके रानी होने का भुलावा डाला जा सकता है। अमरीका के समाज-वैज्ञानिक आज भी 'निम्न श्रेणी के लाभ' समझाते रहते हैं। फ्रान्स में भी कहा जाता है कि गरीब लोग भाग्यशाली हैं, क्योंकि उन्हें धनिकों की भांति दिखावे का झंझट नहीं करना पड़ता। हब्शी अच्छे हैं, जो कोड़ों की मार पड़ने पर भी हंस सकते हैं। प्रसन्नचित्त अरब अच्छे हैं, जिनके बच्चे भूख से मर जाते हैं तो वे उन्हें हंसकर दफन कर देते हैं। और औरतें भाग्यवान हैं, क्योंकि उनके कंधे पर ज़िम्मेदारी का बोझ नहीं है। पर यह कितनी विचित्र बात है कि शताब्दियों से और सभी देशों में ये सब 'भाग्यवान' व्यक्ति रो-रोकर कह रहे हैं, "यह अब नहीं सहन होता।" और कम अच्छे भाग्य वाले व्यक्ति हाथों में बन्दूक लेकर जवाब देते हैं, "यह अच्छा जीवन तो आप ही के लिए है।" औरत के कानों में मुहब्बत, श्रद्धा और बलिदान के उत्तम गुण दोहराए जाते हैं, परन्तु उसका प्रियतम, उसका पति, और यहां तक कि उसके बच्चे भी कभी इन शब्दों का बोझ उठाने के लिए तैयार नहीं होते।

इस सब कुछ का जो नतीजा है, वह दोनों में से किसीने भी नहीं सोचा। 'समानता और असमानता' का संकल्प व्यवहार में खरा नहीं उतर रहा है। औरत उस सैद्धांतिक समानता की मांग करती है, जिसका उससे सदा इकरार किया जाता रहा है; और मर्द उस सम्पूर्ण समानता की मांग करता है, जो सदा से बनी आई है। औरत की शिकायत है कि उसने अपना सब कुछ दिया है, और मर्द का उलाहना है कि औरत उससे सब कुछ ले लेती है। यह बंटवारा कभी भी किसीको सन्तोष नहीं दे सकता, क्योंकि मर्द के लिए औरत घड़ी-पल के साथ का और मन बहलाने का एक साधन है, और औरत के लिए मर्द अपने अस्तित्व का प्रमाण है। इसलिए यहा दो,

एक ही जैसे मूल की वस्तुओं का बंटवारा नहीं है।

स्त्री और पुरुष जितना समय एकसाथ बिताते हैं, उससे इस गलत बंटवारे का पता चलता है। देखने में तो दोनों का समय एक-सा ही दिखाई देता है, परन्तु दोनों के लिए इसका मूल्य एक समान नहीं होता। पुरुष ने संध्या का जो समय स्त्री के साथ बिताया है, वह उसे अपने काम-काज में भी बिता सकता था। उसके लिए समय का मूल्य और है; किंतु सारे दिन प्रतीक्षा में बैठी रहने वाली औरत के लिए उस समय का मूल्य और है। औरत अगर अधिक समय की मांग करे, अपना समय अधिक दे—यह उसका हस्तक्षेप बन जाता है। और पुरुष इस अधिक समय से डरता हुआ थोड़ा समय देने से भी इनकार कर देता है। औरत अपनी मांग को कम करती है और यह कमी उसके मन में रोष और उपेक्षा की भावना भर देती है। औरत को यह मर्द की कंजूसी जान पड़ती है, और मर्द को यह बहुत महंगा सौदा मालूम होने लगता है। मर्द इस कमी को पूरा करने के लिए अपनी ओर से बहुत उदार बनता है, इसलिए स्त्री उसे बहुत कृतघ्न जान पड़ती है। स्त्री को आरम्भ से ही यह विश्वास दिलाया जाता है कि उसका अस्तित्व अनमोल है। और, इस स्थिति में उसे जो कुछ भी पुरुष से मिलता है, उसे अपना उचित मूल्य नहीं मालूम होता, भीख के समान मांगा हुआ प्रतीत होता है। उसका मान चूर हो जाता है और उसमें हीनता की भावना उत्पन्न हो जाती है। इसकी प्रतिक्रिया यह होती है कि स्त्री को विशेष अधिकारसम्पन्न पुरुष के साथ सहानुभूति नहीं रहती। वह उसे उलाहनों से नोच डालती है। और पुरुष उलाहनों से बचने के लिए जब भी अपना ध्यान उसे अधिक देता है, वह उसे रिश्वत के समान जान पड़ता है। इस प्रकार दोनों के इस लेन-देन

में दोनों को ही शिकवा पैदा हो जाता है।

कोई सन्तोषजनक समाधान पैदा नहीं हो सकता, क्योंकि इसका आधार अत्यन्त असन्तोषकारक स्थितियों में है। पुरुष जिस स्त्री से प्यार नहीं करता, उसे यदि आर्थिक सहायता देता रहे तो यह उसे अपने प्रति अन्याय प्रतीत होता है, और यदि इकरारों को तोड़कर एक ओर हट जाए, तो यह स्त्री को उसके प्रति किया गया अनर्थ जान पड़ता है। इसका समाधान इक्का-दुक्का घटनाओं को निपटाने में नहीं है। इसका समाधान बुनियादी हालतों को बदलने में है।

बुनियादी तौर पर बदली हुई जो आर्थिक, नैतिक, सामाजिक, सांस्कृतिक और मानसिक स्थितियां स्त्रियों को यह भरोसा दिला सकेंगी कि वे अपने अस्तित्व की अपने हाथों से रक्षा कर सकेंगी, केवल उन्हीं स्थितियों में ही साथ के, दोस्ती के और मुहब्बत के असली अर्थ समझे जाएंगे।

एक विश्लेषण

मानसिक विकास मनुष्य को पशु से अलग करता है। परन्तु इतिहास साक्षी है कि विकास की यह क्रिया बहुत धीमी गति से होती है। इसकी रेंगती हुई गति का यह प्रमाण है कि इतिहास मनुष्य के हाथों मनुष्य पर किए गए अत्याचारों से भरा हुआ है। और इसीका प्रमाण है कि जीवन की ओर यदि कुछ व्यक्तियों का रवैया संतुलित है तो कुछ व्यक्तियों का बहुत असंतुलित, क्योंकि कुछ व्यक्तियों में विकास की यह क्रिया बहुत रेंगती हुई गति से होती है, तो कुछ व्यक्तियों में तेज़ गति से। तेज़ गति से यह क्रिया बहुत कम व्यक्तियों में होती है, इसलिए संतुलित व सुलझी हुई रुचि के व्यक्ति बहुत कम हैं। पशु-वृत्ति के व्यक्ति यदि बहु-संख्या में हैं तो इसका एक कारण यह है कि विकास की यह क्रिया अधिकांश व्यक्तियों में बहुत धीमी गति से होती है, और दूसरा बड़ा कारण यह भी है कि विकास की तेज़ क्रिया के होते हुए भी उसका व्यवहार अनेक अस्वस्थ प्रभावों और गलत परछाइयों के कारण विपरीत हो जाता है। और एक व्यक्ति का विपरीत व्यव-हार दूसरे व्यक्ति के विपरीत व्यवहार से उलझते-उलझते अपनी कड़ी को और आगे ही आगे जोड़ता जाता है और यह 'निर्भरता'

महामारी की तरह फैलती जाती है।

ये व्यक्ति आगे दो श्रेणियों में विभक्त कहे जा सकते हैं। एक श्रेणी बलवान व्यक्तियों की है, दूसरी दुर्बल व्यक्तियों की। एक वह व्यक्ति हैं, जो दूसरों को हर तरह से लताड़ देते हैं; और दूसरे वह हैं, जो लताड़े जाते हैं। स्वतन्त्र इन दोनों में से कोई भी नहीं है। यद्यपि देखने में ऐसा लगता है कि बलवान व्यक्ति स्वतन्त्र हैं, जो चाहे, कर सकते हैं, पर ये स्वतन्त्रता के सही अर्थ नहीं हैं। शासकों को सदा उन व्यक्तियों की आवश्यकता रहती है, जिनपर वे शासन कर सकें। यही आवश्यकता उनकी मुहताजी है; और इस 'मुहताजी' शब्द से छुटकारा पाने के लिए उन्होंने स्वतन्त्रता के अर्थ उलटे कर लिए हैं।

अर्थों को उलटने की क्रिया बहुत पुरानी है। इसी क्रिया ने 'खुशी' के रिक्त स्थान को पूरा करने के लिए 'स्वाद' शब्द को उसके स्थान पर रखकर उसी में से सब कुछ पाना चाहा है। पर पाया और कुछ नहीं जा सकता, केवल भुलावा पाया जा सकता है—दूसरे के लिए भी, अपने लिए भी। परन्तु इसका परिणाम यह होता है कि ज्यों-ज्यों वास्तविक 'खुशी' की कमी होती जाती है, त्यों-त्यों भुलावे की आवश्यकता बढ़ती जाती है। इसी बढ़ती हुई आवश्यकता में से मनुष्य में वे उलटी रुचियां उत्पन्न होती हैं, जिन्हें मनोवैज्ञानिक 'सेडिज्म' कहते हैं। ये पीड़ा में से स्वाद लेने की रुचियां हैं : निर्दयतामिश्रित यौन वामपन (सेक्सुअल पर्वर्शन विद पैशन फॉर क्रुएल्टी)। इसकी क्रिया से हम सबके देशों का इतिहास भरा हुआ है। इसे अठारहवीं शताब्दी के फान्सीसी लेखक डी सेड ने पहली बार लिखित रूप में उपस्थित किया। मनोवैज्ञानिकों ने उसीके नाम पर रुचि का नाम 'सेडिरज़्म'

रख दिया है।

डी सेड के लेख उसके अपने काल्पनिक और वास्तविक जीवन से संबंधित प्रयोगों के आधार पर लिखे गए हैं। सेड ने अपने जीवन के बीस वर्ष जेल में बिताए थे। वह स्वयं इन रुचियों के वश में था। फ्रान्स और अन्य देशों में भी उसके लेख छापने पर प्रतिबन्ध लगा दिया गया था, किन्तु अब डेढ़ सौ वर्ष बाद उसकी रचनाओं को छापने की आज्ञा मिल गई है, क्योंकि उनमें मानव-मन के अंधकारपूर्ण भागों का, उनके तर्क का, उनके अमल का और सबसे अधिक उनकी भयानकता का ज्ञान मिलता है। क्योंकि स्त्रियां पुरुष-मन के इस अंधे पहल का सबसे अधिक शिकार हैं, इसलिए इसका रूप सेड द्वारा वर्णित पात्रों के शब्दों में देखना चाहिए :

"मैं अपनी बहुत सुन्दर पत्नी की बांहों से हर चौथे दिन औज़ारों से लहू निकालता हूं। इसलिए नहीं कि मुझे उससे नफरत है। यह मेरा जनून है। लहू को देखकर मेरे भीतर जो 'स्वाद' जागता है, उसकी कोई तुलना नहीं है। मेरे सिर को एक नशा चढ़ जाता है। वह अभी मुश्किल से बीस बरस की है और मुझे उससे विवाह किए मुश्किल से तीन बरस हुए हैं। मैं उसे बहुत अच्छी खुराक खिलाता हूं, जिससे वह कुछ बरस और जी जाए। यह मेरी चौथी पत्नी है, पर मुझे लगता है कि पांचवीं पत्नी मुझे जल्दी ही लानी पड़ेगी। यह औरत का भाग्य है, मुझे उससे क्या वास्ता! दुनिया में बहुत औरतें हैं, और उन्हें बदलते रहने से बढ़कर आनन्द देने वाली और कोई वस्तु नहीं।"

ये शब्द डी सेड के उस पात्र के हैं, जो अपनी पत्नी की बांहें छत से बांधकर तेज़ औज़ारों से उनमें से लहू निकालता था, और

दोनों बांहों के नीचे रखे हुए सफेद प्यालों में जब लहू गिरता था तो उसकी आंखें चमक उठती थीं। वह पल-भर के लिए भी अपनी आंखें लहू से नहीं हटा सकता था।

डी सेड ने एक मठ का और उसके पुजारियों का वर्णन करते हुए उनकी इस रुचि का, और चाबुकों की मार मारने से सन्तोष अनुभव करने का वर्णन करते हुए लिखा है : "उस लड़की को बीस चाबुकें, जो सवेरे ठीक समय पर न उठे। किसी आज्ञा का पालन न करने की दशा में दो सौ चाबुकें। रोनी सूरत बनाने के अपराध पर दो सौ चाबुकें। किसी पुजारी की ओर घृणा से देखने के अपराध पर दो सौ चाबुकें"—यह दंड वे उन लड़कियों को देते थे, जिन्हें चुराकर उन्होंने मठ में डाल रखा था।

"मैंने एक लड़की को मार-मारकर जंगल में फेंक दिया। सिवा मारने के मेरा और कोई विचार नहीं था, पर जब उसे फेंककर मैं चल दिया और बस कोई बीस फुट गया होऊंगा कि मेरे शरीर में बड़ी उत्तेजना आ गई। मैं लौटकर उस लड़की के पास आ गया। उस 'स्वाद' ने फिर कभी मेरा पीछा नहीं छोड़ा; बल्कि जैसे-जैसे बरस बीतते गए, में और भी ज्यादा इस 'स्वाद' की पकड़ में आ गया। अब मुझे इस कुर्बानी के लिए रोज़ दो लड़कियों की ज़रूरत पड़ती है। उनसे छुटकारा पाना मेरे लिए कठिन नहीं है, क्योंकि एक घंटे बाद मैं उन्हें जहाज़ पर सवार करके दूर विदेशों को भेज देता हूं, जहां उन्हें और लोग खरीद लेते हैं। इससे मुझे वैसे भी बहुत लाभ होता है।"

यह डी सेड के उस पात्र की कहानी है, जिसके सम्बन्ध में उसकी पुस्तक में यह नोट दिया हुआ है कि यह व्यक्ति सचमुच लियों नगर का निवासी था। इसने जो लड़कियां चुराई और बेची

थीं, उनकी गिनती पन्द्रह से बीस हज़ार के बीच थी।

"हर पाप-कर्म के लिए मेरे मन में एक आकर्षण उत्पन्न हो जाता है। हर ज़ुल्म मेरी भोग-लालसा को जगाता है, और जितना ही वह भयानक हो, उतना ही मैं उत्तेजित होता हूं। मुझे इसमें उतना ही 'स्वाद' आता है, जितना एक साधारण आदमी को एक औरत के मिलने से आता है। नहीं, उतना नहीं, उससे कहीं अधिक। मैं यह सब कुछ अपने-आपको जगाने के लिए करता हूं। इसके बिना मेरे भीतर का पुरुष नहीं जागता। मुझ जैसे हज़ारों लोग हैं। यह केवल स्त्री की सुन्दरता नहीं होती, जो पुरुष को जगाती है। यह उसके साथ मिले हुए पाप-कर्म का एहसास होता है, जो असली आकर्षण उत्पन्न करता है। एक पति अपनी पत्नी से वह खुशी नहीं प्राप्त कर सकता, जो किसी चुराई हुई स्त्री से प्राप्त कर सकता है।"

ये डी सेड के उस पात्र के शब्द हैं, जो भरपूर जवान और सुन्दर लड़कियां चुराकर अपने पहाड़ी किले में रखता था। उनसे दस घंटे प्रतिदिन कठोर शारीरिक परिश्रम करवाता था और आए दिन उनके साथ रस्सी का एक खेल खेलता था। इस खेल में वह बारी-बारी से हर लड़की के गले में रस्सी डालकर उसे छत से टांग देता था। उसके हाथ में एक चाकू दे देता था कि जिस समय उसके पैरों के नीचे से स्टूल खींचा जाए, वह लड़की फुर्ती से अपने गले की रस्सी को चाकू से काट ले—तब वह जीती-जागती ज़मीन पर गिर पड़ेगी, नहीं तो रस्सी से लटककर मर जाएगी।

इस पात्र के शब्दों में : "प्रकृति ने केवल दो प्रकार के मनुष्य बनाए हैं, बलवान और दुर्बल। इसका अर्थ यह है कि दुर्बल सदा

बलवान की चाकरी में रहें। फिर समय बीतने पर केवल वह ही बलवान नहीं रहा, जिसके पास शारीरिक बल बहुत था; बल्कि बलवान वह हो गया, जिसके पास धन बहुत हो गया। इस प्रकार धनी बलवान हो गए और निर्धन दुर्बल हो गए। प्रकृति को इस बात से कोई अन्तर नहीं पड़ता कि शारीरिक रूप से दुर्बल व्यक्ति शारीरिक रूप से बलवान व्यक्ति का शिकार होता है, या आर्थिक दृष्टि से दुर्बल न्यक्ति आर्थिक दृष्टि से बलवान व्यक्ति का शिकार होता है।"

यही पात्र अपनी निर्दय प्रवत्ति की अन्य लोगों की प्रवत्ति से तुलना करते हुए कहता है : "मैं बहुत नर्मदिल हूं। जब शहंशाह काई के मुकाबले में अपने-आपको देखता हूं तो लगता है कि मैं अभी बस स्कूल में पढ़ने वाले किसी लड़के के समान हूं। चीन के शहंशाह काई का कोई मुकाबला नहीं। वह और उसकी मलिका प्रतिदिन खून की एक नदी बहते हुए देखते थे और मरने वालों की मृत्यु को जहां तक ज्यादा से ज्यादा समय तक देख सकते थे, देखते थे।"

अर्थ का अनर्थ करने के मनुष्य के पुराने प्रयास को अधिक स्पष्ट रूप से जानने के लिए हमें डी सेड के उन शब्दों पर ध्यान देना चाहिए, जो उसने अपने एक उपन्यास में एक पात्र से दूसरे पात्र को सलाह के तौर पर कहलवाए हैं : "अगर तुम्हारी जगह मैं होता, जानते हो, मैं क्या करता? पहले अपने-आपको खुश करने के लिए इस लड़की से जी भरकर सुख लेता। फिर मैं इसका सब कुछ छीन लेता और इसे ऐसी दशा में ले आता कि इसकी हीनता को देख-देखकर मैं हर समय अपनी खुशी को बढ़ाता। इसे मार देने में उतना 'स्वाद' नहीं है, जितना उस तरह से है। उस तरह खुशी दुगनी हो जाएगी। एक तो इससे भोगा हुआ शारीरिक सुख याद

आता रहेगा, और दूसरे इसकी किस्मत की अपनी किस्मत से तुलना कर-करके मानसिक 'स्वाद' आता रहेगा। दुखी व्यक्तियों को देख-कर तुम होंठों ही होंठों में कह सकते हो, 'मैं इनके समान नहीं हूं, और यही चीज़ होती है, जो तुम्हें उनसे ऊंचा उठा देती है। इसीलिए यह कहा जाता है कि खुश होने के लिए हमेशा अपने से नीचे को देखो। अपने से ऊंचे को कभी नहीं देखना चाहिए। यदि दूसरों की मुसीबतों से अपना मुकाबला करना ही हमारी खुशी की कमी को पूरा करता है तो यह भी आवश्यक है कि जब मौका मिले, हम औरों की बदनसीबी को बढ़ाएं। सो, पूरी खुशी इस तरह मिलेगी कि इस लड़की को इस दशा में ले आओ कि इसे विवश होकर तुमसे तरस मांगना पड़े। फिर जब तुम इसे इनकार करोगे, तुम्हें अपनी ताकत का पता लगेगा।"

इन शब्दों में मनुष्य की अत्यन्त विकृत और अस्वस्थ रुचियां बहुत ही स्पष्ट हैं। इसके मुकाबले में मनुष्य की स्वस्थ और सुलझी हुई प्रवृत्तियां देखने के लिए आईन रैंड के उपन्यास के एक पात्र मैलोरी के मन में एक और पात्र रोरिक की ओर देखकर उत्पन्न हुए विचारों को देखना चाहिए : "उसने रोरिक की ओर देखा। उसका चेहरा बहुत शान्त व मेहरबान था। चेहरे पर तरस की कोई लीक नहीं थी। यह उस मनुष्य के चेहरे के समान नहीं था जो दूसरों की विपत्ति को एक गुप्त प्रसन्नता से देखता है और किसी भिखारी के सामने खामखाह ऊंचा हो जाता है। यह उस भूखी-प्यासी रूह के समान नहीं था, जो संसार को अपमानित कर अपने-आपको तृप्त करती है।"

इसी प्रकार डी सेड के उपन्यास के एक पात्र के शब्दों में : "मुहब्बत और शारीरिक आवश्यकता के सम्बन्ध में उसका दर्शन है—जहां

केवल शरीर का काम हो, वहां उसमें मन को शरीक करने की क्या आवश्यकता है! ये दोनों आवश्यकताएं अलग-अलग हैं। एक ओर कोई लड़की बहुत सुन्दर है, उसका विलासितापूर्ण मुंह, उसकी काली आंखें, और उसकी भरी हुई छाती बड़े 'स्वाद' का इकरार करती है तो इसमें क्या आवश्यकता है कि मेरे मन का जज़बाती पहलू भी उस काम में शरीक हो, जिसमें उसका शरीर ही मुझे खुशी देगा? मैं सोचता हूं कि मुहब्बत और खुशी बिलकुल अलग-अलग चीज़ें हैं। स्वाद लेने के लिए मुहब्बत करना ज़रूरी नहीं है। दूसरी ओर, एक औरत के पास जवानी नहीं है, सुन्दरता की कोई भी लीक अब उसके चेहरे पर नहीं रह गई, परन्तु वह बहुत हंसमुख, आकर्षक और भावनाओं को तरंगित कर देने वाली औरत है। मेरे अन्दर उसके शरीर के लिए कोई इच्छा नहीं जागती, पर मैं उसे प्यार कर सकता हूं। मैं शरीर की बात पहली औरत से करूंगा, मन की दूसरी से।"

इसके मुकाबले में आईन रैड के एक उपन्यास के एक पात्र के शब्दों में शारीरिक आवश्यकता के सम्बन्ध में उसका दर्शन है : "लोग सोचते हैं कि सेक्स पूरी तौर पर शारीरिक आवश्यकता है और इसका मनुष्य के हृदय और मस्तिष्क से कोई सम्बन्ध नहीं है, न ही इसका मनुष्य के मूल्यों, मापदंडों से कोई सम्बन्ध है। अगर आप मुझे किसी व्यक्ति के सम्बन्ध में यह बताएं कि कौन-सी वस्तुएं उसे आकर्षित करती हैं, तो मैं उसके जीवन का सम्पूर्ण दर्शन बता सकता हूं। आप मुझे वह औरत दिखा दीजिए, जिससे उस मर्द का शारीरिक सम्बन्ध हो तो मैं आपको उसके आत्मसम्मान के संबंध में बता सकता हूं। विशुद्ध स्वार्थ के सम्बन्ध में चाहे किसी व्यक्ति के मूल्य कितने ही विकृत क्यों न हों, पर सेक्स की अवश्यकता

एकदम निजी होती है, एकदम स्वार्थी। आप 'तरस' के रूप में या 'दान' के रूप में इसकी कल्पना नहीं कर सकते। इसमें चाहे जाने का और उस चाह के योग्य होने का एक प्रकार का सन्तोष है। इसलिए पुरुष सदा उस स्त्री के प्रति आकर्षण अनुभव करता है, जिसमें उसे अपने वास्तविक रूप की परछाई दिखाई देती हो। 'पुरुष अपने सम्मान को बाहर से खोजने के लिए किसी स्त्री का चुनाव नहीं करता, बल्कि अपने सम्मान को व्यक्त करने के लिए किसीका चुनाव करता है। उसके शरीर की आवश्यकता में तथा उसके हृदय और मस्तिष्क के मापस्तर में कोई विरोध नहीं होता।"

स्पष्ट है कि शरीर की आवश्यकता तथा हृदय और मस्तिष्क के माप-स्तर में परस्पर यही विरोध है, जिसने स्त्री जाति को पत्नी और वेश्या की श्रेणियों में बांट दिया है। और यही विरोध विवाह और मुहब्बत की निरर्थकता के लिए, उससे उत्पन्न हुई नाखुशी के लिए और उससे उत्पन्न हुई निर्मम हरकतों के लिए उत्तरदायी है।

अर्थों का अनर्थ करने का चिरकालीन प्रयास अगर बहुत ध्यान-पूर्वक देखा जाए तो इसमें एक बहुत आवश्यक शब्द मिलता है, 'मर्दानगी'। मर्दानगी का सही अर्थ एक निडर आत्मा है, परन्तु इसके अर्थ को उधेड़कर और अपनी मनमानी से जोड़-तोड़कर मनुष्य ने जब इसे देखा तो इसके अर्थ बन गए, "वह आत्मा, जो हर समय दूसरों को डराती रहे"—और जब इन अर्थों को सामने रख लिया गया तो ज़िन्दगी का रूप बदल गया। (चाहे इसका व्यवहार उस आदमी ने किया, जिसकी आज्ञा में केवल एक औरत थी; या उस शासन ने, जिसकी आज्ञा में लाखों व्यक्ति थे। यह केवल क्षमता का और परिस्थितियों का अन्तर है।)

मानव-शक्ति जब रचनात्मक कार्यों में नहीं लगती, क्योंकि उसे किसी न किसी दिशा में लगना तो अवश्य होता है, वह उत्पीड़न में लग जाती है। मनोवैज्ञानिक मानते हैं कि अगर मुसोलिनी अच्छा नाटककार होता, या हिटलर सफल कलाकार होता तो विश्व का इतिहास यह न होता, कुछ और होता। रचनात्मक कार्यों में न लगने से जो शक्ति अव्यवहृत रह जाती है, उसके व्यवहार के लिए यह उत्पीड़न आवश्यक हो जाता है। पर कोई भी उत्पीड़न सन्तोष नहीं, सदा एक उत्तेजना प्रदान करता है, और इस उत्तेजना में से ही सारी खुराक लेने के लिए मनुष्य की भूख को हर समय इसकी आवश्यकता बनी रहती है।

इस उत्तेजना की भयानक आवश्यकता देखने के लिए डी सेड का वह कमरा देखना चाहिए, जहां वह स्त्री-संभोग करना चाहता था। यह कमरा बहुत अंधेरा था और काले पर्दों से सज्जित था। इसकी दीवार पर उसने एक मनुष्य की खोपड़ी टांग रखी थी। एक बार उसकी पत्नी ने जेल में उसे एक पार्सल भेजा था। इसमें उसने मनुष्य की दो खोपड़ियां वैसे ही साधारण ढंग से सी दी थीं, जैसे यह उसके खाने-पहनने की वस्तुएं भेजते समय सी दिया करती थी। यह उसने डी सेड की उत्तेजना को पूर्ण करने के लिए किया था। यह उसकी अपनी मांग थी। इस हद तक किसीकी पागलपन-भरी मांग हो, या इससे छोटी हद तक, पर इसका रूप भयानक अवश्य हो जाता है।

उत्तेजना की आवश्यकता जिस प्रकार के भयानक कार्यों की मांग करती है, अगर वह मांग कानून की पकड़ में न आती हो तो उसका रूप हिटलर की 'आग की भट्ठियां बन जाता है, पर अगर वह कानून की पकड़ में आ जाती हो तो उसका रूप 'जेल' बन जाता

है। परन्तु यदि पहली हालत किसीके बस में न हो और दूसरी हालत का भय उसके हाथ रोक ले, तो उसका रूप बहिर्मुखी नहीं रहता, अन्तर्मुखी हो जाता है। इसी अन्तर्मुखी आवश्यकता के कारण मनुष्य जासूसी उपन्यास पढ़ता है, कत्ल और खून की फिल्में देखता है, और वह अखबार पढ़ता है, जिनमें औरतों के संबंध में हर अफवाह को मोटे अक्षरों के शीर्षकों से छापा जाता है। इस प्रकार वह थोड़े-से समय के लिए अपने-आपको उन सब घटनाओं का नायक समझकर खुश हो लेता है। और उसका बचा हुआ हिस्सा कुछ पत्नी और बच्चों को ताड़ने में,और राह चलते लोगों से अकारण उलझने में छुटकारा खोजता है, और कुछ ज़िन्दगी के प्रति खीझ और उपरामता बनकर हर समय उसके साथ चलता रहता है।

सुज़ान श्वाट्ज़र्ज के साथ एक शाम

—सुज़ान! तुम आई हो अमरीका से, पर तुम्हारे नाम का पहला शब्द 'सुज़ान' फ्रान्सीसी मालूम होता है, और अन्तिम 'श्वाट्र्ज़' जर्मन···

—मेरे पिता का खानदान वार्सा से सम्बन्ध रखता था, जहां अनेक जर्मन रहते थे; और मां की मां, और उसकी मां फ्रान्स से आई थीं...

—तुम हिन्दुस्तान कितने समय के लिए आई हो?

—तीन महीने के लिए। वहां मिशीगन और शिकागो में मैं दो बरस हिन्दी सीखती रही। भारतीय सभ्यता के और पहलुओं पर भी एक कोर्स किया, इतिहास और कला पर। वह किताबी ज्ञान था, यहां हिन्दी का उच्चारण सीखने के लिए आई हूं।

—तुम्हारी और दिलचस्पियां?

—वहां शिकागो में 'विमेन लिबरेशन मूवमेंट' में मैंने भाग लिया था। इस ग्रुप में कई औरतें पूरा समय लगाती हैं, पर मेरी तरह की विद्यार्थिनें उसके लिए पूरे समय काम नहीं कर सकतीं, सिर्फ कभी-कभार···

—अच्छा सुज़ान! अमरीका में चल रहे इस मूवमेंट के

संबंध में मुझे ब्योरे से बताओ।

—इस मूवमेंट में अब अमरीका के सब कॉलिजों की लड़कियां दिलचस्पी ले रही हैं। बुनियादी तौर पर इसका पंचमुखी उद्देश्य है। पहला और सबसे बड़ा—औरत की अपने अस्तित्व के संबंध में चेतना। दूसरा—लड़कियों का अधिकार लड़कों के बराबर। उदाहरण के लिए—कॉलिज में प्रवेश के लिए जितने अंकों की आवश्यकता लड़के को होती है, लड़कियों के लिए उससे अधिक अंकों की आवश्यकता क्यों? और जब एक समान डिग्री हो, तो जिस नौकरी के लिए लड़के को जितना वेतन मिलता है, लड़की को उसी पद पर काम करने का वेतन कम क्यों? तीसरा—बच्चों के लिए बहुत-से 'संभाल-गृह' हों, जिससे माएं निश्चिन्त होकर काम पर जा सकें। युनिवर्सिटियों में भी ऐसे 'गृह' होने चाहिए, जिससे माएं ऊंची पढ़ाई कर सके। चौथा-गर्भपात से संबंधित कानून। इसके संबंध में ज़रा विस्तार से कहना चाहती हूं कि हम अपने शरीर से कैसे और क्या करें, सरकार उसके संबंध में हमें आदेश नहीं दे सकती। शरीर हमारा है, हम औरतों का है, उस-पर हमारी मर्ज़ी चल सकती, सरकार की नहीं। पांचवां उद्देश्य है—औरत के प्रति समूचे तौर पर सामाजिक दृष्टिकोण को बद-लने की आवश्यकता। इसके अनेक पहलू हैं—उदाहरणतः, बच्चे ज़िन्दगी का अधिकांश समय माता के साथ बिताते हैं, पिता के साथ नहीं। इसलिए बच्चों के जीवन में जो संतुलन आना चाहिए, वह नहीं आता। पुरुष अगर सप्ताह में पांच दिन काम करता है तो बच्चे वे पांच दिन अपनी माता के साथ बिताते हैं, पर अगर मर्द के खाली दिनों में औरत काम करे, और मर्द बच्चों को अपना साथ दे तो बच्चों का व्यक्तित्व और विकसित हो सकता है।

—हर प्रस्ताव तर्कसंगत है···

—इसी तर्क के अनुसार समाज के दृष्टिकोण में यह भी शामिल है कि जैसे मर्द औरत के लिए कई ऐसे काम करता है, उदाहरण के तौर पर, कमरे का या कार का दरवाज़ा आगे बढ़-कर खोलना, आगे बढ़कर उसका सिगरेट जलाना—यह सब फालतू है। इसकी तह में यह भावना होती है कि औरत कमज़ोर है, मर्द उसकी सहायता कर रहा है। औरत को सहायता का दान स्वीकार नहीं करना चाहिए। क्या ये सब बातें भारतीय औरत भी सोच रही हैं या नहीं?

—जैसे-जैसे औरत कारोबारी ज़िन्दगी में हिस्सा ले रही हैं, वैसे-वैसे ये विचार सामने आ रहे हैं।

—इस मूवमेंट से अमरीका में जो परिवर्तन हुए हैं—कुछ बहुत प्रत्यक्ष हैं; जैसे, शरीर को अधिक से अधिक नंगा करने का शौक कम हो गया है। औरत सोचने लगी है कि वह शो-पीस नहीं है। दूसरा बड़ा परिवर्तन यह दिखाई देता है कि पहले विवाह करने के लिए एक ही तर्क काफी था कि आयु बाईस वर्ष की हो गई है। अब ऐसा नहीं है। काम के इतने क्षेत्र हो गए हैं कि विवाह भी उनमें से एक समझा जाने लगा है। पहले कई क्षेत्र ऐसे थे जो मर्दों के लिए आरक्षित थे, अब उनमें औरत का प्रवेश भी संभव हो रहा है। और एक और बात—औरत की कोख समाज की ऋणी नहीं है कि उसे कुछ बच्चे अवश्य समाज को देने ही हैं। औरतों का अस्तित्व केवल बच्चों को जन्म देने से ही सार्थक नहीं समझा जाना चाहिए, यह उसके अनेक कार्यों में से केवल एक समझा जाना चाहिए।

—सुज़ान! विवाह के बाद औरत अपना नाम इस्तेमाल

नहीं करती, वह बिना नाम की हो जाती है—मिसेज़ सो ऐंड सो बन जाती है, इसके बारे में तुम्हारा क्या विचार है?

—इसके बारे में इस मूवमेंट ने बहुत ज़ोरदार रोष प्रकट किया है, और औरतों से कहा है कि वह अपने पहले असली नाम ही हर जगह इस्तेमाल किया करें। बिना नाम की मांस की गठरियां न बनें...

—सुजान! तुम हमेशा सुजान रहोगी, ब्याह करके भी···

—और तुम अमृता, अमृता···

एक चौखटा

औरत अपने उस लम्बे, दर्द की कहानी (जिसमें पीढ़ियों की पीढ़ियां गुमनामी में जन्म लेती और गुमनामी में शेष हो जाती हैं) की अत्यन्त मूक पात्र है (आंसू और हिस्टीरिया तथा दमे जैसे रोग मूकता शब्द में ही शामिल हैं), परन्तु साधारण जीवन में और उपन्यासों, कहानियों के पात्र के रूप में वह जो कुछ सुनाई या दिखाई देती है, उसके कारण पर जब ध्यान दिया जाता है तो प्रतीत होता है कि औरत शब्द के अर्थों को एक विशेष चौखटे में रखकर देखने की अत्यन्त प्राचीन प्रवृत्तियां इसका मूल कारण है।

'मनुष्य' शब्द के अर्थों को कभी भी एक नपे-तुले चौखटे में रखकर नहीं देखा जा सकता, क्योंकि मनुष्य की मानसिक उन्नति और उसकी दिनोंदिन बढ़ती हुई, बदलती हुई संभावनाएं उसके अर्थों को एक ही स्थान पर खड़ा नहीं रख सकतीं। किन्तु एक

z अलिखित कानून के अनुसार 'मनुष्य' शब्द के अर्थ केवल 'पुरुष' समझ लिए गए और औरत को मनुष्य शब्द में से निकालकर उसके लिए एक खास चौखटा बना दिया गया और इस खास चौखटे के अनुसार उसके अर्थ सीमित हो गए, और इन सीमित

अर्थों में सदा उसका अस्तित्व केवल दो रूपों में आवश्यक समझा गया—एक माता के रूप में, और एक पत्नी के रूप में। स्पष्ट है कि इस प्रकार दो रूपों में केवल उसी शारीरिक रचना के अन्तर को सामने रखा गया, जो उसे पुरुष से अलग करता है।

पुरुष का जन्म उसकी किस्मत का फैसला नहीं करता, उसका मानसिक विकास उसकी किस्मत का फैसला करता है। परन्तु जब औरत की किस्मत का फैसला उसके जन्म से ही जोड़ दिया जाता गया, तो प्रत्यक्ष है कि उसका मानसिक विकास एक अनावश्यक वस्तु बन गया। और इस लम्बे अमल का परिणाम दो रूपों में ही देखा जा सकता था—एक, मानसिक विकास का रुक जाना, और दूसरा, मानसिक विकास की पूर्ति के साधनों के अभाव में उसका एक चीख बनकर रह जाना। सो, यही दो रूप आज हमें सब जगह दिखाई दे रहे हैं।

समय के अगुआ समय की प्रवृत्तियां निश्चित करते हैं, आत्मिक तत्त्ववेत्ता तथा मनोवैज्ञानिक नेता बहुत ही वर्णनीय व्यक्ति होते हैं। इस चौखटे के निर्माण तथा संरक्षण करने में उनकी 'देन' का वर्णन करते हुए यहूदी सभ्यता की एक प्रार्थना उल्लेखनीय है—मर्द रोज़ की प्रार्थना में ईश्वर से कहते हैं, "हे ईश्वर! तुम्हारा धन्यवाद है कि तुमने मुझे औरत नहीं बनाया," और औरतें रोज़ की प्रार्थना में कहती हैं, "हे ईश्वर! तुम्हारा धन्यवाद है, तुम्हारा जी जैसा किया, तुमने मुझे वैसा बना दिया।"

'फेमिनिन मिस्टीक' की लेखिका बेटी फ्राएडन के शब्दों में "औरतों के कुछ कॉलिजों ने 'हम औरतों को विदुषी बनने के लिए विद्या नहीं देते, हम उन्हें पत्नियां और माताएं बनने के लिए विद्या देते हैं इन शब्दों को एक नारे के रूप में अपना लिया है,

पर जिन्होंने इन शब्दों को नारा नहीं बनाया है, उन्होंने भी उद्देश्य यही सामने रखा हुआ है। और लिंगभेद की भावना से संचालित स्कूलों और कॉलिजों के इस शिक्षण के कारण औरत के स्त्रियोचित कर्तव्य आज तक वही नियत हैं, जो सदा थे और जिस उच्च-शिक्षा का उद्देश्य पुरुष के लिए यह है, 'उच्च शिक्षा दृष्टिकोण विस्तृत करती है, नये प्रयोगों के मार्ग खोलती है, विचार-शक्ति को स्वतन्त्रता और दिशा देती है, किसी रचनात्मक क्रिया के लिए सोई हुई शक्तियों को जगाती है, अपने व्यक्तित्व के आसरे संसार को समझने की बुद्धि, सूझ को विशालता देती है' वहां स्त्री के लिए इसका उद्देश्य केवल उसके ज़नाना कर्तव्यों के लिए उसे तैयार करना है, और 'औरत को अपनी विद्वत्ता का मूल्य चुकाना पड़ता है, इसके लिए उसे अपने औरतपन की मूल्यवान विशेषताएं खोनी पड़ती हैं' के समान प्रचलित कथन यह निर्णय कर देते हैं कि औरत की शिक्षा का लक्ष्य उसकी मानसिक उन्नति नहीं होना चाहिए, बल्कि 'लिंग-शिक्षा' होना चाहिए। क्या इस निर्णय पर कोई यह आपत्ति कर सकता है कि जो शिक्षा मानसिक शक्तियों को बढ़ाती है और औरतपन की विशेषताओं को कम करती है, क्या यदि उसका रुख औरतपन की विशेषताएं बढ़ाने की ओर मोड़ा जाए तो मानसिक विकास कम हो जाएगा? वह औरतपन क्या चीज़ है, जो उस ज्ञान से कम हो जाता है, जिससे मानसिक विकास होता है और मानसिक उन्नति को रोक देने से वह बढ़ जाता है?"

और बेटी फ्राएडन ने आगे इस प्रश्न को फायडीय संकेतों में और ज़ोरदार शब्दों में पूछा है, "जब शिक्षा आत्मविकास के स्थान पर शारीरिक कार्य पर ही केन्द्रित की जाए, तो क्या बनेगा?

क्या बनेगा, जब शिक्षा स्त्री को नये-पुराने अंधे अधिकारों पर प्रश्न करने की बुद्धि, स्वतन्त्रता और स्वाधिकार देने की जगह स्त्री के लिए 'चाहिए' शब्दों में और वृद्धि कर देगी, बे शब्द पहले भी रिवायत, दस्तूर, पक्षपात और प्रचलित मत के रूप में बहुत लागू हैं।

"फायड ने स्त्री के सम्पूर्ण व्यक्तित्व का धुरा 'लिंग-ईर्ष्या' निश्चित किया है। उसके मतानुसार, पति की शकल में उसकी प्राप्ति स्त्री की इच्छा बन गई, जो स्त्री को पूरी तौर पर उस समय सन्तुष्ट कर सकती है, जब वह पुत्र के रूप में लिंग को जन्म दे लेती है। फ्रायड का यह मत एक विशेष समय और विशिष्ट श्रेणी की स्त्रियों के अध्ययन से बना था, यह सब समयों के लिए और सब श्रेणियों की स्त्रियों के लिए नहीं है। लिंग मानव-मन की समस्याओं का एक पहलू हो सकता है। पर फ्रायड ने इसे सब समस्याओं का धुरा बना दिया, और इसके संबंध में भी क्या कहा जा सकता है कि जिन स्त्रियों के अध्ययन से उसने यह मत बनाया, क्या उनकी वास्तविक समस्या मानवीय तौर पर उनका रुका हुआ विकास नहीं था?—उनका अविकसित तथा अधूरा आपा? शिक्षा और स्वतन्त्रता के अभाव ने स्त्रियों को उन दिलचस्पियों और उन सब लक्ष्यों से वंचित किया हुआ था, जो उनके विकास में सहायक हो सकते थे। फ्रायड ने इन त्रुटियों का उल्लेख किया, परन्तु इन्हें 'लिंग-ईर्ष्या' की प्रतिक्रिया कहकर।"

बेटी फ्राएडन ने इस ईर्ष्या को व्यापक अर्थों में लेते हुए लिखा है, "आज की रोशनी में देखा जाए तो फ्रायड ने जो कुछ शारीरिक गठन के आधार पर सोचा था, वह केवल विक्टोरियन सभ्यता के वातावरण में सोचा हुआ दीख पड़ता है। उस सभ्यता

में पुरुष से ईर्ष्या करने के लिए अनेक कारण थे। स्त्री के लिए अगर वह स्वतन्त्रता, पद और खुशियां वर्जित थीं, जो केवल पुरुष प्राप्त कर सकता था तो उसकी चाह उसके लिए ईर्ष्या का कारण हो सकती थी। और इस स्वप्न को यदि संक्षेप में कहा जाए तो उसकी पुरुष बनने की ललक कहा जा सकता है। परन्तु इस ललक को यदि विस्तारपूर्वक सोचा जाए तो यह उसके अपने उस पूर्ण विकास की ललक है, जिसकी पूर्ति के साधनों से वह वंचित रखी जाती है।"

बेटी फ्राएडन ने आज के एक मनोवैज्ञानिक का प्रयोग इन शब्दों में बताया है, "बीस वर्ष से मैं औरतों के मामलों की पड़-ताल कर रहा हूं और मुझे बार-बार यह लगता है कि मैं अपने रोगियों पर फ्रायड के मत को ज़बर्दस्ती लाद रहा हूं। मैं इस नतीजे पर पहुंचा हूं कि 'लिंग-ईर्ष्या' जैसी कोई चीज़ नहीं है। औरत का सारा दर्द उसके विस्तृत आपे के लिए उसकी लालसा है। उसे 'लिंग-ईर्ष्या' के दो शब्दों से टाला नहीं जा सकता। यदि कोई रोगी पुस्तक के अनुसार किए गए विचार में पूरा नहीं आता तो पुस्तक को परे फेंक देना चाहिए, रोगी की बात को सुनना चाहिए।"

यह एक मनोवैज्ञानिक के सोचने का ढंग है। बेटी फ्राएडन ने इसका उल्लेख किया है, परन्तु वातावरण की वास्तविकता को देखते हुए वह बहुत दर्द से कहती है, "बहुत-से डॉक्टर पुस्तक को रोगी के मुंह पर फेंककर मारते हैं।"

'रोगी के मुंह पर पुस्तक को फेंककर मारना' रोगी से स्पष्ट शब्दों में यह पूछना है कि तेरा प्रश्न उस चौखटे में पूरा क्यों नहीं आता, जिसे तेरे मन के अर्थ समझने के लिए तैयार किया

हुआ है? और दूसरे शब्दों में यह उस चौखटे की रखवाली करना है, जिसमें औरत शब्द के अर्थ चिरकाल से सीमित कर दिए गए हैं। समय के साथ और बढ़ते हुए ज्ञान के साथ, हर चीज़ के सवाल बदलते हैं, इसलिए जवाब बदलते हैं "यह चीज़ सदा ऐसी ही थी, इसलिए सदा ऐसी ही रहेगी," जैसे वाक्यों को विज्ञान ने कब का झुठला दिया है, पर विज्ञान द्वारा झूठे सिद्ध हुए ये वाक्य आज भी औरतपन के अर्थों से संबंधित हैं। और स्पष्ट है, उतनी देर किसी भी सवाल का जवाब नहीं मिलता जितनी देर नियत उत्तर के चौखटे को तोड़कर नये उत्तर और नये हल को मानसिक विकास की रोशनी में नहीं खोजा जाता।

शारीरिक गठन के आधार पर बनाए गए चौखटे को तोड़ने की आवश्यकता का उल्लेख करते हुए उस चौखटे में जड़ी हुई औरतपन की विशेषताओं का रूप जानना आवश्यक है। यह जानना आवश्यक है कि ये कौन-सी विशेषताएं हैं; जो शिक्षा के बढ़ने से घटनी आरम्भ हो जाती हैं। शिक्षा के बढ़ने से आत्म-विश्वास बढ़ता है, तर्कशक्ति बढ़ती है, आत्मनिर्णय का उत्तर-दायित्व बढ़ता है। सो, स्पष्ट है कि आत्मविश्वास की वृद्धि से हीनता कम होगी, तर्कशक्ति की वृद्धि से हां में हां मिलाने की बेज़बानी घटेगी, और आत्मनिर्णय के उत्तरदायित्व से बने-बनाए निर्णयों को स्वीकार करने की सहूलियत घटेगी। सो, ये विशेष-ताएं, जो शिक्षा की वृद्धि से कम होती हैं—ये हैं हीनता, बेज़-बानी और सहूलियत का खयाल (यह सहूलियत जिस मूल्य पर खरीदी जाती है, उसका दर्द और उसका नतीजा सामने है। दर्द औरत की अपनी पहचान के लिए बेचैन रूह की शकल में, और नतीजा उसके रुके हुए मानसिक विकास के रूप में)।

हीनता, बेज़बानी और सहूलियत की तस्वीर को बहुत सुन्दर बनाकर दिखाने में जिनकी दिलचस्पी थी, उनके लिए आराम को सबसे अधिक रंगीन करके दिखाना आवश्यक था, इतना कि इसकी नकाब के नीचे हीनता और बेज़बानी के उदास चेहरे ढक जाएं।

इस तस्वीर में जीवन-भर के सुख का विश्वास भरते हुए जिन्होंने अपने-आपको इस तस्वीर के अनुसार ढालने का प्रयत्न किया और जिन्हें अपनी अधेड़ उम्र डॉक्टरों से अपने नित-नये रोगों की जांच कराने में बितानी पड़ी और पड़ रही है, और जिन्हें अपने उद्देश्यहीन जीवन का पिछला पहर अपने अनचाहेपन के रूप में काटना पड़ा और पड़ रहा है, इस सबसे बढ़कर उनकी पुकार थी और है कि इस चौखटे को बदला जाए।

मुहब्बत, घर और बच्चे मनुष्य की महत्त्वपूर्ण आवश्यकता हैं। यह आवश्यकता पुरुष और स्त्री की एक समान होनी चाहिए थी, परन्तु पुरुष की बहुत-सी आवश्यकताओं में से यह एक समझी गई, परन्तु स्त्री के लिए मात्र यही एक। आवश्यकता की मात्रा के इसी अन्तर ने जीवन के संतुलन में अन्तर डाल दिया है। आत्माभिव्यंजना और रचनात्मक प्रवृत्तियों की पूर्ति के साधन जहां पुरुष के लिए अनेक हो गए, वहां इस अन्तर के कारण स्त्री के लिए केवल एक ही साधन रह गया, उसका बच्चा, उसकी अपनी शारीरिक गठन की कृति। और उसकी अव्यवहृत मानसिक शक्ति उसका वह उदास प्रश्न बन गई, और बनी हुई है, जिसका उत्तर शारीरिक गठन पर आधारित नियत चौखटे के पास नहीं है।

काम-धंधे वाली औरत के बच्चे उपेक्षित और ठीक संभाल से

वंचित रह जाते हैं—इस प्रकार के आम वाक्य के उत्तर में अमेरिकन डॉक्टर स्पोक की रिपोर्ट ध्यान देने योग्य है : "रूसी बच्चे, जिनकी माओं का प्रायः माएं बनने के अतिरिक्त भी कोई जीवन का उद्देश्य होता है और वह विज्ञान, शिक्षा, दस्तकारी, कला, राज्य-प्रबंध जैसे प्रत्येक क्षेत्र में काम करती हैं, अमेरिकन बच्चों से अधिक सुघड़, स्थिर और बुद्धिमान दिखाई देते हैं, जबकि अमेरिकन बच्चों की माताएं और कोई काम नहीं करतीं, केवल सारे समय उनका ही ध्यान रखती हैं। लगता है, रूसी माताएं अपने जीवन के अन्य उद्देश्यों के कारण बहुत अच्छी माताएं हो गई हैं।"

"शिक्षित, तर्कशील और आत्मविश्वासी स्त्री अपने पति को वह आदर नहीं दे सकती, जो साधारण स्त्री देती है।" इस प्रकार के आम वाक्य का उत्तर 'आदर' शब्द के विश्लेषण से संबंध रखता है। आदर का ठीक-ठीक अर्थ वे झुकी हुई आंखें नहीं हैं, जिनमें सुरक्षा के खोए जाने का भय हर समय रहता है। आदर के सही अर्थ दूसरे की योग्यता की पहचान और उसकी वे कद्र होते हैं, जिन्हें अपनी योग्यता के उच्च स्तर पर पहुंचकर ही ठीक अर्थों में देखा और पहचाना जा सकता है। आदर छीनकर लेने की वस्तु नहीं है, अजित करने की वस्तु है। सो, उसका उचित मूल्य देकर वह एक बुद्धिमती, तर्कशील और आत्मविश्वासपूर्ण स्त्री से ही लिया जा सकता है, एक अज्ञानी और भीरु स्त्री से नहीं।

जिस प्रकार व्यक्तित्व-निर्माण के निमित्त मुहब्बत, घर और बच्चे की आवश्यकता को त्यागने की आवश्यकता नहीं है, उसी प्रकार मुहब्बत, घर और बच्चे की आवश्यकता के लिए व्यक्तित्व-निर्माण को तज देने की आवश्यकता नहीं है। यह एक बहुत बड़ा

भ्रम है कि यह दोनों पहलू एक-दूसरे से विपरीत पड़ते हैं और स्त्री को दोनों में से एक का चुनाव करना पड़ेगा। ये दोनों जीवन के हाथ हैं, इनमें से एक के अस्तित्व से इनकार करना दो हाथों में से एक हाथ के अस्तित्व से इनकार करना है। दो हाथों में से एक को चुनकर, दूसरे हाथ की ओर से अपाहिज होना है।

स्त्री अपने जीवन से जो प्रश्न करती है, उसका उत्तर देते समय जो भी व्यक्ति नियत चौखटों में लिखे हए अक्षरों को देखकर उत्तर देते हैं, और वह उत्तर जब स्त्री के लिए सन्तोषप्रद नहीं होता, तो वे खीझकर कह देते हैं :

"जिस प्रश्न का कभी किसीने उत्तर नहीं दिया और मैं भी अभी तक जिसका उत्तर नहीं दे सका हूं, यद्यपि मुझे तीस वर्ष सोचते हुए हो गए हैं, वह प्रश्न है कि आखिर स्त्री चाहती क्या है?" (सिगमंड फ्रायड)

शताब्दियों से स्त्री को 'पहेली' कहे जाना क्या अपने-आप में ही इस बात का प्रमाण नहीं है कि शारीरिक गठन पर आधारित चौखटा इसे बूझने में सदा असफल रहा है?

नियत चौखटे के नियत अर्थों के अनुसार स्त्री ने जब अपने तन-मन को ढालना चाहा तो उसका 'जो कुछ' छोटे सांचे में पूरा आने के प्रयत्न में, दब-घुटकर, पिसकर रह गया, वही 'दबा-घुटा-पिसा कुछ' उस प्रश्न के रूप में सामने आ गया, जिसे सबने 'पहेली' शब्द से ढककर उसके दर्द को भी टाल दिया और उसकी दवा को भी।

पति या पुत्र के द्वारा प्राप्त की जाने वाली सफलता ने स्त्री को भले ही शारीरिक सुख की अनेक घड़ियां दीं, पर उसके आत्मविकास पर एक रोक लगा दी। उसके आत्मविकास पर लगने

वाली इस रोक ने उसके आत्मविश्वास पर एक रोक लगा दी; और आत्मविश्वास पर लगने वाली इस रोक ने उसके स्वाभिमान पर एक रोक लगा दी।

मुझे एक अत्यन्त सूक्ष्म रुचियों से सम्पन्न कलाकार इस समय याद आ रहा है, जिसकी रुचियों और आर्थिक परिस्थितियों के अनुसार उसे एक या दो बच्चों की आवश्यकता थी; किन्तु उसके बच्चों की गिनती हर वर्ष बढ़ती जाती थी, जिससे उसकी अपनी स्वतन्त्रता भी घटती जाती थी और आर्थिक चिन्ता भी बढ़ती जाती थी। एक दिन उसने बड़ी परेशानी की हालत में कहा, "मेरी बीवी को अजीब बीमारी है। जिन दिनों में उसे बच्चे की प्रतीक्षा हो या कुछ ही महीनों का बच्चा उसकी गोद में हो, उसका स्वास्थ्य और उसका स्वभाव बहुत अच्छा रहता है, पर जब वह बच्चा बड़ा हो जाता है, उसे हिस्टीरिया हो जाता है। उसका हिस्टीरिया किसी इलाज से नहीं जाता, वह केवल तब ही ठीक हो सकता है, जब उसे एक और बच्चे की प्रतीक्षा हो जाए। इस तरह करते-करते मेरे छः बच्चे हो गए हैं···।" क्या यह बिलकुल स्पष्ट नहीं है कि कलाकार पति के मुकाबले में उस स्त्री को अपना-आप बहुत छोटा लगता था, और अपने अस्तित्व का महत्त्व प्रकट करने का उसके पास एक ही साधन था—बच्चे को जन्म दे सकना, और इस साधन का बार-बार प्रयोग करके अपने आत्मविश्वास को और अपने आत्माभिमान को जहां तक बनाकर रखा जा सकता था, रखना।

हिस्टीरिया जैसी या दमे जैसी बीमारी बड़ी झगड़ालू तबीयत या बड़ा ईर्ष्यालु स्वभाव स्त्री की प्रकृति का स्वाभाविक अंग नहीं है, यह नियत चौखटे की घुटी हुई सांस से दुखी होकर नियत चौखटे को तोड़ने के लिए मारी गई चोटें हैं। किसी चौखटे की कोई

सीख-पत्तर जब ढीली न हो तो कमज़ोर हथियार अवश्य टेढ़े हो जाते हैं। बीमारी, ईर्ष्या और झगड़ालू स्वभाव स्त्री के अपने व्यक्तित्व के विस्तृत विकास की लालसा के बहुत ही टेढ़े-मेढ़े रूप हैं, और कुछ नहीं।

यह ठीक है कि इन कमज़ोर हथियारों से यह चौखटा टूट नहीं सकता, पर हथियारों को, या चिरकाल से बन्द करके रखे हुए मनुष्य को, इन हथियारों के प्रयोग करने का दोष देने की अपेक्षा, उसकी मानसिक पृष्ठभूमि को जानने की आवश्यकता है। लक्षणों को दोष देने के स्थान पर, या घाव को 'पहेली' शब्द से ढकने, और सहलियत शब्द से सजाने के स्थान पर रोग के निदान की आवश्यकता है।

मनुष्य की विकास-पीड़ा

बहुत वर्ष हुए, मैंने दो पंक्तियां लिखी थीं :

"बच्चा और कविता दो चीज़ें दुनिया की बुनियाद,
दोनों चीज़ें पैदा होती जन्म-पीड़ के बाद।"

आज नारी-जीवन का विश्लेषण करते हुए सोच रही हूं—बच्चे की जन्म-पीड़ा औरत ने देखी, यह उसके शारीरिक विकास की क्रिया थी, इस पीड़ा में से गुज़रना, और उसके द्वारा समाज से अपना स्थान प्राप्त करना उसका अपना चुनाव नहीं था, पर कविता (मानसिक उन्नति के किसी भी क्षेत्र में की हुई उन्नति का चिह्न), जो उसके अपने चुनाव और परिश्रम की एक लम्बी क्रिया होनी थी, उसके लिए वर्जित रखी गई, और इस प्रकार मनुष्य के विकास की पीड़ा से उसे वंचित रखकर समाज ने उसे मनुष्य होने से भी वंचित कर दिया।

समाज ने पुरुष के लिए ज्ञान का लक्ष्य सामने रखा, जिससे अपने परिवेश को वह अपनी आवश्यकताओं के अनुसार ढाल ले, और स्त्री के लिए सारी शिक्षा का लक्ष्य रखा, 'अपने परिवेश में वह अपने-आपको ढाल ले'—परिवेश में ढलने की प्रवृत्ति वस्तु हो सकती है, वस्तुकार नहीं। और इस प्रकार पुरुष को वस्तुकार बनने की सब संभावनाएं मिलीं, और स्त्री को वस्तु बनने का एकमात्र रास्ता।

मर्दानगी

केवल शारीरिक शक्ति का नाम मर्दानगी नहीं होता। प्रबल रुचियां, विस्तृत दिलचस्पियां, गहरा चिन्तन, विशाल दृष्टिकोण और निर्भर आचरण जैसे मानव-गुणों का नाम मर्दानगी है। जिन स्त्रियों ने ये गुण अर्जित किए हैं, उन्हें सामने रखते हुए अमेरिकन प्रोफेसर मोसले ने यह सुझाव दिया है कि इस शब्द को या तो स्त्री-पुरुष दोनों पर लागू किया जाना चाहिए, या फिर मैस्कुलिन (मर्दाना) और फेमिनिन (ज़नाना) दोनों संकेतों को छोड़ देना चाहिए, क्योंकि ये संकेत भुलावे में डालने वाले हैं।

मर्दानगी शब्द के अर्थ को जीतने के लिए स्पष्ट है कि स्त्री 'मनुष्य' शब्द में शामिल होकर ही इसे जीत सक़ती है, उस शब्द से अलग होकर नहीं। और 'मनुष्य' शब्द में शामिल होना किसी वस्तु की किस्मत में नहीं हो सकता।

आत्माभिमान

हीरा जोहरी के हाथ आ जाए तो लाख का, अजाने के हाथ आ जाए तो खाक का—हीरा, हीरा सही पर आखिर वह वस्तु है, और वस्तु का मूल्य परायी दृष्टि का मुहताज होता है। यह निगाह वाले की इच्छा पर निर्भर करता है कि वह ऊंचा मूल्य लगाता है या कम। यदि ऊंचा मूल्य लगाता है तो वस्तु बहुमूल्य हो जाती है, कम मूल्य लगाता है तो वह सस्ती कहलाती है। वस्तु स्वयं कुछ नहीं कहती, कहलवाती है। यह कहने वाले की आवश्यकता, इच्छा या मन की मौज पर निर्भर करता है कि वह क्या कहता है, पर यह वस्तु की आवश्यकता या इच्छा पर निर्भर नहीं करता कि वह क्या कहलवाए।—स्वाभिमान, मनुष्य की योग्यताओं की लम्बी क्रिया का निचोड़ होता है। यह बहुत करके बाह्य सफलता या असफलता का भी मुहताज नहीं होता, इसलिए यह किसीकी स्वीकृति या अस्वीकृति की परवाह नहीं करता। यह स्वाभिमान किसी जीवित संघर्षरत मनुष्य की कमाई होता है, पर यह किसी सुन्दर से सुन्दर वस्तु की भी तकदीर नहीं हो सकता।

अधिकार

शरीर का उपयोग बुद्धि के उपयोग की अपेक्षा सदा छोटे दर्जे का होता है—(एक मज़दूर के छोटे और एक कारीगर के बड़े दर्जे की भांति)—और यही दर्जा उसका अधिकार नियत करता

शरीर का उपयोग समय-काल से संबंधित है, इसलिए सीमित है। बुद्धि का उपयोग समय-काल से संबंधित नहीं है, इसलिए असीमित है। और यही सीमा उसकी मियाद नियत करती है।

सो, शारीरिक गठन पर आधारित नियत चौखटे के अनुसार स्त्री जब अपना जीवन बिताती है तो सुख और सहूलियत के रूप में जीवन से जो अधिकार मिलता है, उसका दर्जा भी छोटा हो जाता है, उसकी अवधि भी अल्प हो जाती है, और छोटे दर्जे पर रखे हुए अधिकार की हथेली पर जब भी, बाज़ार के भाव की तरह, नियत प्रचलित रिवाज से कुछ अधिक या अलग रखा जाता है तो वह सबकी दृष्टि में अधिकार नहीं रहता, 'रियायत' बन जाता है। और इस अधिकार की अल्पकालिक अवधि के बाद स्त्री को जो कुछ मिलता है, वह केवल एक 'तरस' के रूप में मिलता है।

अधिकार, शारीरिक विकास के असीमित अर्थों के अनुसार, बीते हुए जीवन को ही प्राप्त हो सकता है, यह केवल शारीरिक गठन के सीमित अर्थों के अनुसार बीते जीवन की प्राप्ति नहीं बन सकता। उसके पास तो ले-देकर रियायत और तरस जैसे शब्द रह जाते हैं।

स्वतन्त्रता

स्वतन्त्रता एक सुगंध है, जो स्वयं की पहचान के पेड़ पर मनुष्य के प्रत्येक विचार और प्रत्येक कृति के रूप में उगने वाले पत्तों और फलों से आती है, और स्वयं की पहचान का यह पेड़ उतना ही बड़ा, मज़बूत और हरा हो सकता है, जितनी उसकी जड़ें मन की धरती में डूबी हुई हों।

प्राचीनता और परम्परा से बंधे रहना स्वतन्त्रता का चिह्न नहीं होता। प्राचीनता और परम्परा को केवल तोड़ने के निमित्त ही तोड़ना भी स्वतन्त्रता का चिह्न नहीं होता।

पांवों को बांधकर एक ही स्थान पर खड़े रहना या घबराकर कहीं भी चल देना, और दूसरे शब्दों में, किसी भी नई वस्तु को आंख भरकर न देखना, या हर नई वस्तु की आंखें मींचकर नकल करने लगना विरोधी पहलू प्रतीत होते हैं, परन्तु इनके पीछे एक ही गुलाम रुचि काम करती है। आत्म-आवश्यकता की पहचान दोनों में से एक में भी नहीं है।

स्त्री, जो वस्तु बनी हुई है, अपनी पहचान केवल वस्तु में कर सकती है, इसलिए अधिकार का पहल अपनाकर बिना ज़रूरत की, और महंगी चीज़ों को बहुतायत से खरीदना, या त्याग का पहलू

अपनाकर प्रत्येक वस्तु से विरक्त हो जाना—उसके हिस्से में रह जाता है; परन्तु अधिकार की प्रवृत्ति भी उसे स्वतन्त्रता का वही भुलावा देती है, जो त्याग की प्रवृत्ति। भुलावा कुछ समय के लिए कुछ भी दे सकता है, परन्तु मन की स्वतन्त्रता बिलकुल नहीं दे सकता।

प्रवाह की स्वतन्त्रता बहते हुए पानी के पास होती है, रुके हुए पानी के पास नहीं। केवल शरीर की स्वतन्त्रता वह रुका हुआ पानी है, जिसे थोड़े-से समय में सड़ जाना रहता है; परन्तु दिमाग की सुन्दरता वह धारा है, जिसे जीवन के पानी को रवानी देनी होती है, और इसलिए स्वतन्त्रता देनी होती है।

दूसरे शब्दों में, शरीर की धरती वह धरती है, जो जवानी के थोड़े-से दिनों को छोड़कर, कभी उपजाऊ नहीं होती, और जिसमें लगाए हुए स्वयं की पहचान के पेड़ को कभी इतना बड़ा नहीं होना होता कि उसपर विचार और रचना के फूल-पत्ते उग सकें, और स्वतन्त्रता की सुगंध उनसे आ सके। परन्तु मन की धरती वह धरती है, जिसे ज्ञान सदा उर्वर रखता है, और जिसमें लगाया हुआ स्वयं की पहचान का पेड़ इतना बड़ा हो जाता है कि इसपर काम और रचना के नित-नये पत्ते उगते हैं और इसके फूलों से सदा स्वतन्त्रता की सुगन्ध आती है।

एक बड़ी आसान मौत

औरत के विकासहीन जीवन के दर्द का वर्णन करते हुए सिमोन द बवा ने 'एक बड़ी आसान मौत' के शीर्षक से अपनी कैंसर से पीड़ित तथा मरणासन्न माता के जीवन के पृष्ठ पलटते हुए एक अत्यन्त उदास विवरण दिया है : "मेरी मां अपने हनीमून के दिनों में इटली की झीलें देखना चाहती थी, पर मेरा बाप उस शहर से आगे नहीं गया, जहां उन दिनों घुड़दौड़ हो रही थी। मां इस बात की बार-बार याद दिलाती थी, शिकायत के तौर पर नहीं, केवल गंवाए हुए अवसर के तौर पर, जिसमें एक पछतावा-सा शामिल होता था। मेरी मां की इच्छा लम्बी यात्राओं पर जाने की थी, परन्तु मेरी मां की प्रत्येक इच्छा के आगे मेरे बाप की इच्छा खड़ी रहती थी। और वह भिंचे-भिंचे होंठों से उन दिनों की बात सुनाने लगती थी, जिन दिनों वह छोटी थी और साइकल चलाया करती थी। मेरी मां ने अपने बचपन की उन सहेलियों से भी मिलना छोड़ दिया था जिनके पति मेरे पिता को पसन्द नहीं थे। मेरे पिता को सामाजिक बैठकें अच्छी लगती थीं। मेरी मां उसके पीछे सदा चल दिया करती थी, और इन बैठकों में मेरी मां को उन औरतों से भी मिलना पड़ता था, जिनके संबंध कभी मेरे पिता

से भी रहे थे। मेरी मां का मान जब घायल हो जाता था, उसके घाव आसानी से नहीं भरते थे···

"और फिर मेरे नानाजी को इतने घाटे पड़े कि उन्होंने मेरे पिता से जो दहेज देने का वादा किया था, वह न दे सके। मेरे पिता ने इसके लिए मेरी मां पर कोई दोष नहीं लगाया, इसलिए मेरी मां जीवन-भर अपने-आपको उसका ऋणी समझती रही। हंसती रही, मुस्कराती रही और उसने कभी कोई शिकायत नहीं की। और फिर जब मेरे पिता की आर्थिक दशा खराब हो गई तो मां ने चूल्हे-चौके का काम भी संभाल लिया। यह काम उसके मन के अनुकूल नहीं था। उसे हीनता का एहसास होने लगा। यह मां के मन की परस्पर टकराने वाली विरोधी भावनाएं थीं। एक ओर वह सेवा-श्रद्धा को बहुत ऊंचा समझती थी, दूसरी ओर उससे भी अधिक भारी और बलवान प्रवृत्तियों के रास्ते में जो कुछ आता था, उसपर रोष व्यक्त करना वह रोक नहीं सकती थी।

"मां की उठती जवानी की खुशी मुर्झाने लगी थी। जो कुछ बच रहा था, वह मेरे पिता का इतना जाना-पहचाना और रोज़ की आदत बन गया था कि वह मेरे पिता को आकर्षित नहीं करता था, और आकर्षण को जीवित रखने के लिए वह और औरतों के पास जाने लगा था—पन्द्रह से बीस वर्ष की लड़कियों के पास भी। कई बार यह सारी रात बाहर बिताकर जब सवेरे आता था, उससे शराब की गन्ध आया करती थी और वह सारी रात ब्रिज खेलने का उखड़ा हुआ बहाना दुहराया करता था—मां ने कभी कुछ नहीं कहा। शायद वह विश्वास भी कर लेती थी, क्योंकि ऐसी ही सच्चाइयों से आंखें चुराकर जीने की आदत उसने डाल ली थी। भीतर से उठते हए रोष को दबाने के समय मां गाना आरंभ कर

देती थी, हंसना शुरू कर देती थी, और इस शोर में मन के सारे शिकवे डुबा देती थी। मेरे पिता की मृत्यु के बाद जब उसकी एक बहन ने एक बार कह दिया कि वह अच्छा पति नहीं था तो मेरी मां ने तमककर उत्तर दिया था—उसने मुझे सदा खुश रखा। निश्चित ही ये वही शब्द थे, जो मेरी मां जीवन-भर अपने-आपको ज़बर्दस्ती सुनाती रही थी···"

उपसंहार

शताब्दियों से औरत की किस्मत मर्द की सम्पत्ति से बंधी हुई है। मर्द को खयाल आया कि मरने के बाद भी वह किसी न किसी रूप में बना रहे। मर्द अपने बाहुबल से जंगल के पशुओं को जीत सकता था, किन्तु मृत्यु को नहीं जीत सकता था। इसलिए मृत्यु को पराजित करने के लिए उसने सोचा कि उसके मरने के बाद कोई ऐसी चीज़ दुनिया में जीवित रहनी चाहिए, जिसमें वह अपनी परछाई देखता हो। यह परछाईं वह अपने रक्त से उत्पन्न हुए एक और मर्द में देख सकता था, इसलिए उसे पुत्र की आवश्यकता पड़ी। पुत्र उत्पन्न करने के लिए उसने औरत को इसका माध्यम चुना, इसलिए 'विवाह' अस्तित्व में आया। पुत्र का नाम मर्द को अपने नाम से जोड़ने की आवश्यकता थी, औरत के नाम से नहीं, इमलिए औरत नामहीन होकर मर्द की सम्पत्ति का एक अंश बन गई। मर्द किसी घर या किसी कबीले से औरत को इस प्रकार ही खरीद लेता या चुन लेता, जैसे कोई व्यक्ति खेत या पशु खरीद लेता है। और जैसे खेत या पशु अपने नये स्वामी के नाम को धारण कर लेता है, औरत भी अपने नये स्वामी के नाम को धारण कर लेती थी।

पुत्र के जन्म में अन्य किसी व्यक्ति के रक्त का मेल न हो और मर्द को यह विश्वास रहे कि यह केवल उसके अपने रक्त की उपज है, इसलिए उसे यह आवश्यकता पड़ी कि औरत कभी किसी और मर्द का संग न करे। इससे औरत के लिए 'पवित्रता' का शब्द अस्तित्व में आया। मर्द को यह शब्द धारण करने की आवश्यकता नहीं थी, इसलिए उसने इस शब्द को अपने से संबद्ध नहीं किया। इसपर आचरण करने के लिए केवल औरत से ही कहा गया। इससे मर्द का यह दृष्टिकोण बना कि पत्नी उत्तराधिकारी को जन्म देने के लिए होती है, वेश्या खुशी देने के लिए होती है। इसीसे मर्द को यह आवश्यकता पड़ी कि जिस औरत को वह अपनी पत्नी के रूप में चुने, वह बिलकूल कुमारी हो। इससे ही औरत के लिए 'दंड' अस्तित्व में आए, जैसे कि, औरत को यदि कभी किसी अन्य मर्द का संग करते देख लिया जाए तो उसे पत्थर मार-मारकर मार दिया जाए, या तीरों से छलनी कर दिया जाए। इस जैसा प्रत्येक दंड मर्द ने औरत के लिए चुना, अपने लिए नहीं, क्योंकि इसका संबंध किसी सिद्धान्त से नहीं था, केवल अपने वंश में बिलकुल अपना रक्त होने के विश्वास की आवश्यकता में था। इससे ही औरत, मर्द की भांति एक जीव नहीं रही, एक वस्तु बन गई।

मर्द की आवश्यकता के अनुसार कानून के सिद्धान्त अस्तित्व में आए। जैसे कि, यदि कोई मर्द अविवाहित मर जाए तो उसके मरने के बाद उसके किसी भाई-बन्द की पत्नी उसकी 'अपनाई पत्नी' कही जाए। और वह अपने आधे बच्चे उस मृत मर्द के नाम से जोड़ दे और आधे बच्चे अपने जीवित पति के नाम से। स्पष्ट है कि यह कानून केवल इस आवश्यकता के कारण अस्तित्व में आया कि मरने वाले मर्द का नाम इस दुनिया में जीवित रहे।

इस प्रकार यदि कोई ऐसा मर्द मर जाए, जिसके लड़की हो, पुत्र न हो, तो उस लड़की को अपने पिता के किसी भाई या भतीजे से विवाह कराना पड़ता था जिससे कि उसकी कोण से उत्पन्न होने वाला पुत्र मरने वाले मर्द की सम्पत्ति का उत्तराधिकारी हो सके। उत्तराधिकारी क्योंकि मर्द के नाम से जुड़ता है, औरत के नाम से नहीं, इसलिए वह लड़की यदि अपने पिता के परिवार को छोड़कर दूसरे किसी परिवार में विवाह करती तो उसका पुत्र अन्य परिवार का उत्तराधिकारी हो जाता। इसलिए यह आवश्यक समझा गया कि वह उस परिवार के किसी मर्द से विवाह करे। इस प्रकार औरत का स्वतन्त्र चुनाव, उसकी खुशी या मर्ज़ी, सामाजिक ढांचे से बाहर कर दी गई।

औरत के लिए 'एक मर्द' के सिद्धान्त की स्थापना हो गई, परन्तु यह सिद्धान्त क्योंकि मन की साझेदारी से उत्पन्न नहीं हुआ था, मन से मन के बंटवारे से उत्पन्न नहीं हुआ था, इसलिए इसके बदले में मर्द को 'एक औरत' का सिद्धान्त बनाने की आवश्यकता नहीं पड़ी। इससे मर्द के बहु-विवाह भी अस्तित्व में आए और औरत जाति की एक वह शाखा भी अस्तित्व में आई, जिसे 'वेश्या' कहा जाता है। इस 'वेश्या' औरत के लिए मर्द ने अपना समय, अपना ध्यान, अपनी कमाई खर्च की, पर इससे जन्मे पुत्र को कभी अपना उत्तराधिकारी नहीं माना। इसलिए यद्यपि उसने अधिक खुशी वेश्या से ली, पत्नी से नहीं; उसने अपनी आवश्यकता के अनुसार 'आदरणीय' शब्द केवल पत्नी को दिया, वेश्या को नहीं।

औरत जाति की इस शाखा के रूप, जिसे 'वेश्या' कहा जाता है, मर्द की आवश्यकता के अनुसार सदा बदलते रहते हैं। समाज ने अपनी आवश्यकता के अनुसार 'वेश्या' को 'मेहमान-नवाज़ वेश्या'

भी कहा और राज्य की ओर से समुद्र-तट पर उन घरों की स्थापना की, जहां जवान लड़कियां देश में आने वाले यात्रियों को अपना शरीर बेचती थीं। लड़कियों को राज्य की ओर से महीने का बंधा वेतन मिलता था, बाकी आमदनी राज्य की आमदनी समझी जाती थी। (पन्द्रहवीं शताब्दी में तुर्किस्तान का राजदूत अब्दुर्रज्ज़ाक दक्षिण भारत आया था। विजयनगर के दरबार के संबंध में उसका कथन है कि वेश्यालय राज-काज के प्रबंध में होते थे। उनकी आमदनी से ही पुलिस को वेतन मिलता था।)

राजकीय स्तर पर स्थापित किए जाने वाले ये वेश्यालय ही कालांतर में निजी स्तर पर बनाए जाने लगे। इसी प्रकार धर्म के प्रचारकों ने अपनी आवश्यकता के अनुसार वेश्या को 'पवित्र वेश्या' भी कहा। मन्दिरों की देवदासियों को इसी दृष्टि से देखा जाता था। देवताओं को प्रसन्न करने के लिए धनी व्यक्ति मन्दिरों में चढ़ावे चढ़ाते थे। खाने और पहनने की सामग्री के समान औरत भी मर्द की शारीरिक खुशी की एक सामग्री समझी जाती थी। इसलिए धनी व्यक्तियों ने निर्धन लड़कियों को खरीदकर देवताओं की प्रसन्नता प्राप्त करने के लिए उन्हें मन्दिरों में चढ़ाना आरंभ किया। इन देवदासियों के कर्तव्यों में फर्शों को धोने-पोंछने और मन्दिरों में दीये जलाने जैसे छोटे-छोटे कामों के अतिरिक्त, पूजा-गान और पूजा-नृत्य करने जैसे बड़े काम भी गिने गए। और उनका सबसे बड़ा कर्तव्य यह समझा गया कि वह मर्द की शारीरिक भूख को तृप्त करें। (तंजावूर के वृहदीश्वर मन्दिर के एक शिलालेख के अनुसार सन् 1004 ईसवी में चोल महाराजा राज राव ने मन्दिर की सेवा के लिए चार सो देवदासियां चढ़ाई थीं।)

पांचवीं शताब्दी ईसापूर्व में यूनानी धर्म के प्रचारकों ने यह

सामाजिक सिद्धान्त बना दिया था कि प्रत्येक औरत को एक बार 'एक रात की वेश्या' अवश्य बनना होगा, और किसी अजनबी को अपना शरीर बेचकर वह धन 'माइलिटा' मन्दिर में अवश्य चढ़ाना होगा। इसी प्रक्रार कभी भारतीय जागीरदारों ने यह सामाजिक प्रथा बना ली कि उनकी प्रजा में जब भी किसीका विवाह होता था, नवविवाहिता लड़की को अपने पति का संग करने से पहले पहली रात जागीरदार के घर बितानी पड़ती थी। यह इस 'एक रात की वेश्या' का, सामाजिक सिद्धान्त के अनुसार, सामाजिक कर्तव्य गिना जाता था।

शिया मुसलमानों में एक रात का या कुछ रातों का अल्प-कालिक विवाह आज भी जायज़ समझा जाता है। उस विवाह से जन्म लेने वाला बच्चा भी जायज़ माना जाता है। इकरारनामे के अनुसार जब विवाह की अवधि समाप्त हो जाती है तो दोनों विवाहित व्यक्ति उस बन्धन से मुक्त समझे जाते हैं। अब इस रस्म के चलन के चिह्न अत्यन्त निर्धन परिवारों में और अत्यन्त पिछड़े हुए क्षेत्रों में ही मिलते हैं; परन्तु इस्लामी कानून के अनुसार यह आज भी जायज़ माना जाता है।

स्वस्थ और रोगी, हर प्रकार के मर्द इस वेश्या नाम की औरत से सम्पर्क करते थे, जिससे मैथुनजनित रोग दूर-दूर तक फैल जाते थे, इसलिए यह औरत कालान्तर में 'सामाजिक दोष' के रूप में भी गिनी गई और इस प्रकार यह 'मेहमान-नवाज़ वेश्या' से और 'पवित्र वेश्या' से 'अपवित्र वेश्या' बनी। इसे 'सामाजिक बुराई का कारण' कहा गया, 'सामाजिक बुराई का नतीजा' नहीं।

हिन्दुस्तान के प्रथम महान विधि-निर्माता मनु ने यह भी कहा था कि जहां औरतों का आदर होता है, वहां देवता रहते हैं;

जहां औरतों का निरादर होता है, वहां कोई धार्मिक कृत्य फलवान नहीं होता। औरत की खुशी से परिवार खिल उठते हैं और औरत की उदासी से मुरझा जाते हैं। परन्तु मनु ने ही औरत को सम्पत्ति का एक भाग समझकर उसे अपने अधिकार में रखने का मर्द को परामर्श दिया। इसी प्रकार प्राचीन काल के एक और महान विधिवेत्ता ने मर्दों को समझाया था कि तीन चीज़ें—धन, पुस्तकें और स्त्रियां—कभी किसी अन्य व्यक्ति के अधिकार में नहीं देनी चाहिए, क्योंकि अन्य व्यक्ति के हाथ में ये तीनों चीज़ें बिगड़ जाती हैं। वैदिक काल में यह प्रायः कहा जाता था कि ईश्वर ने मर्द की सेवा के लिए औरत को रचा है। उपनिषदों ने औरत का जन्म मर्द की स्वाद-रुचि की पूर्ति का एक साधन कहा। महाभारत में औरत को सब बुराइयों की जड़ कहा गया, और कहा गया, 'जैसे कितनी ही लकड़ी डालो, अग्नि कभी तृप्त नहीं होती; कितना ही पानी डालो, समुद्र कभी भरता नहीं; कितने ही खून कर ले, खूनी की प्यास कभी बुझती नहीं; इसी तरह औरत को किसी भी मर्द से कभी तृप्ति प्राप्त नहीं होती।' रामायण में आता है कि औरतों के मुंह फूलों के समान होते हैं, उनकी वाणी शहद की बूंदों के समान, परन्तु उनके हृदय तलवार की धार के समान होते हैं और हृदय में और क्या होता है, इसे कोई जान नहीं सकता। शुक्राचार्य ने औरत के आठ दोष गिनाए हैं—झूठ, अस्थिरता, छल, मूर्खता, लालच, अपवित्रता, क्रूरता और अशिष्टता। मनु की भांति चाणक्य ने औरत को, सेवक को और शिष्य को उनके अपराध पर रस्सियों से मारने का परामर्श दिया है।

यह सब शिक्षा और सलाह अपने-आपमें इतनी जटिल है कि यह मर्द की अपनी उलझी हुई मानसिक दशा की उपज है, और

कुछ नहीं। स्पष्ट है कि औरत का साथ मर्द ने कभी जीतना नहीं चाहा, सदा छीनना चाहा है। छीनी हुई वस्तु का मुख भले ही उसे फूल के समान कोमल लगा हो और उसकी वाणी शहद की बूंदों के समान लगी हो, परन्तु उसका मन सदा उसके लिए एक पहेली बना रहा। अगर मन को मन से जीता गया होता तो मर्द के लिए औरत कभी भी पहेली न बनती। पहेली जब बूझी न जाए तब यह दोष पहेली का नहीं होता, समझ की कमी इसका कारण होती है। मर्द ने पहेली को बूझने का सन्तोष प्राप्त नहीं किया, बल्कि न बूझ सकने की खीझ में औरत के लिए दंड नियत कर दिए। झूठ, अस्थिरता, छल, मूर्खता, लालच, अपवित्रता, क्रूरता और अशि-ष्टता किसी भी मनुष्य के प्राकृतिक स्वभाव का अंग नहीं होते, ये दीर्घकालीन विवशताओं से उत्पन्न होते हैं। जब ये किसी मनुष्य के स्वभाव में दृष्टिगोचर हों तो उनके कारण जानने की आवश्य-कता होती है, केवल फतवा दे देने से कोई हल नहीं निकलता। फतवों और सजाओं से यह प्रत्यक्ष हो जाता है कि मर्द ने जो कुछ भी प्राप्त करना चाहा, वह बाहुबल से प्राप्त करना चाहा, ज्ञान के बल से नहीं। 'धक्का' उसका साधन बनता रहा, 'सूझ' को उसने कभी साधन नहीं बनाया।

यह नहीं कि औरत यदि शताब्दियों से नाखुश है तो मर्द बहुत खुश है। मर्द भी इस धरती का एक बड़ा नाखुश जीव है। इसी नाखुशी का नतीजा है कि मर्द सदा 'स्वाद' में 'खुशी' का भुलावा खोजता रहा। भुलावा टिकाऊ नहीं होता। किसी शराबी या अफीमची के समान उसे हर समय एक विशिष्ट मात्रा में भुलावे को बार-बार खाने की आवश्यकता बनी रहती है। इसलिए कोई भी 'स्वाद' बहुत समय तक उसका स्वाद नहीं रहता। उसे नये

स्वाद की आवश्यकता पड़ती है। पर यह एक विचित्र त्रासदी है कि मनुष्य ने इस स्वादजनित भटकन को स्वीकार कर लिया है, परन्तु स्वाद के स्थान पर खुशी शब्द के लिए उसने विचार नहीं किया।

मनुष्य यदि पशु से अलग हुआ है तो अपने मानसिक विकास के कारण। उसकी विचार-शक्ति ने उसे मनुष्य होने का दर्जा दिया है। इसका अर्थ है कि जिस प्रकार उसे अपने संपूर्ण अंगों की आवश्यकता है, उसी प्रकार उसे अपना दर्जा प्राप्त करने के लिए अपनी विचार-शक्ति की आवश्यकता है; परन्तु जब पांव लंगड़ाता हो तो वह दिखाई देता है, पर बुद्धि जब लंगड़ाती है तो वह दिखाई नहीं देती। हाथ-पांव से रहित मनुष्य भी अपाहिज होता है और बुद्धिहीन मनुष्य भी अपाहिज होता है। दिखाई दे रहे अखंड अंगों से यद्यपि कभी यह प्रमाण प्रत्यक्ष रूप में दिखाई नहीं देता, पर मनुष्य की दशा आज तक एक अपाहिज की ही है।

मनुष्य चाहे कई सामाजिक ढांचे बनाए और बदले, औरत को चाहे देवी बनाकर पूजे या वेश्या बनाकर उसका संहार करे, या दासी बनाकर रखे, उसके सब निर्णय उस समय तक असन्तुलित रहेंगे जब तक वे निर्णय नीरोग और सूक्ष्म बुद्धि से जन्म नहीं लेते। एक स्वतन्त्र और बुद्धिमान मर्द को जीवन का साथ न देवी से मिल सकता है, न वेश्या से, न दासी से। उसे यह साथ केवल एक स्वतन्त्र और बुद्धिमान औरत से ही मिल सकता है। इस साथ की आवश्यकता और कद्र अभी बहुत मर्दों को नहीं है। बस, गिनती के इक्का-दुक्का मर्दों को है। पर बढ़ते हए मानसिक विकास के साथ जब अधिकांश मर्द भुलावे में खुशी खोजने के स्थान पर वास्तविक खुशी खोजना चाहेंगे तो औरत को उसके स्वतन्त्र रूप में देखना उनकी अपनी आवश्यकता भी बन जाएगी।

संसार की पौराणिक कहानियों में एक कहानी आती है कि परियां अनेक बार अपने पंखों के बल पर उड़ती हुई किसी टापू पर जा उतरी थीं और पेड़ों की ओट में खड़े होकर वहां के लोगों को नाचते देखने लगती थीं। वे अपने पंख उतारकर पेड़ों की टहनियों में छिपा देती थीं कि किसीको दूर से उनकी झलक न पड़ जाए। एक बार एक आदमी ने उन्हें देख लिया और अंधेरे में एक परी के पंख चुरा लिए। सो, परियां जब आसमान में लौटने लगीं तो उनमें से एक वापस न जा सकी। मर्द ने उसे पकड़ लिया और खींचकर अपने घर ले गया। वह उस मर्द के लिए बच्चे पैदा करती, खाना पकाती, और जो कुछ भी वह कहता, करती थी। मर्द उसे मारता, तब भी वह कुछ नहीं कह सकती थी।

कुछ वर्ष बाद उसे घर में छिपाया हुआ एक बर्तन मिला, जिसे खोलकर उसने देखा कि उसमें उसके पंख छिपाकर रखे हुए थे। वह खुशी से भर गई। पर जब उन पंखों को अपने कंधों से जोड़ने लगी तो वे अब जुड़ते नहीं थे। उसने एकाग्र मन होकर कुछ मंत्र पढ़े तो पंख फिर उसके शरीर पर लग गए और वह विस्तृत आकाश में विचरने लगी। पौराणिक गाथाएं प्रतीकों की भाषा में होती हैं—चिह्नों और संकेतों की भाषा में। ये पंख स्वतन्त्रता के प्रतीक हैं, औरत के निजी अस्तित्व और उसके व्यक्तित्व के। इनका खो जाना उसकी दासता का प्रतीक है। वह पुराना बर्तन, जिसमें पंख छिपाए गए, अज्ञान का प्रतीक है और एकाग्र मन से मंत्रों का उच्चारण उसके ज्ञान का प्रतीक है, जिसके बिना वे पंख फिर से उसके शरीर पर नहीं जुड़ सकते थे।

स्वयं की पहचान और उसका विकास वह क्रिया है, जिसके बिना कोई भी स्वतन्त्रता संभव नहीं है। ○○○